POKéMON the Movie 20
I choose you!
劇場版
ポケットモンスター
キミにきめた！

パートナーになったのに、ピカチュウはモンスターボールに入るのを拒否!?

嵐の中、サトシとピカチュウはオニスズメの大群に追われてピンチに・・・。

おたがいをパートナーと認め合ったふたりの前に、ホウオウが姿を見せる。

ホウオウが飛び去った後には、虹色に輝く1枚の羽根が残されていた。

他人の持つ強くて珍しいポケモンを奪うため、ロケット団の3人も動き出す。

サトシはトレーナーに捨てられて弱っていたヒトカゲと友達になる。

トラブルを乗り越え仲良くなった、ポケモントレーナーのソウジ、マコト。

ホウオウを探すサトシとピカチュウの旅に、ソウジとマコトも加わる。

サトシの影の中にときどき姿を見せる、謎のポケモンの正体は・・・？

サトシの持つトランセルがバタフリーに進化! 《ねむりごな》をふりまいて活躍。

ホウオウを20年も追い求めるボンジイは、ホウオウ伝説の貴重な情報をくれた。

強さこそすべてと信じ
ホウオウとのバトルを望むクロスは、
サトシの持つ虹色の羽根を狙う。

悪しき心に触れた羽根の影響で、ポケモンたちが暴走し…!?

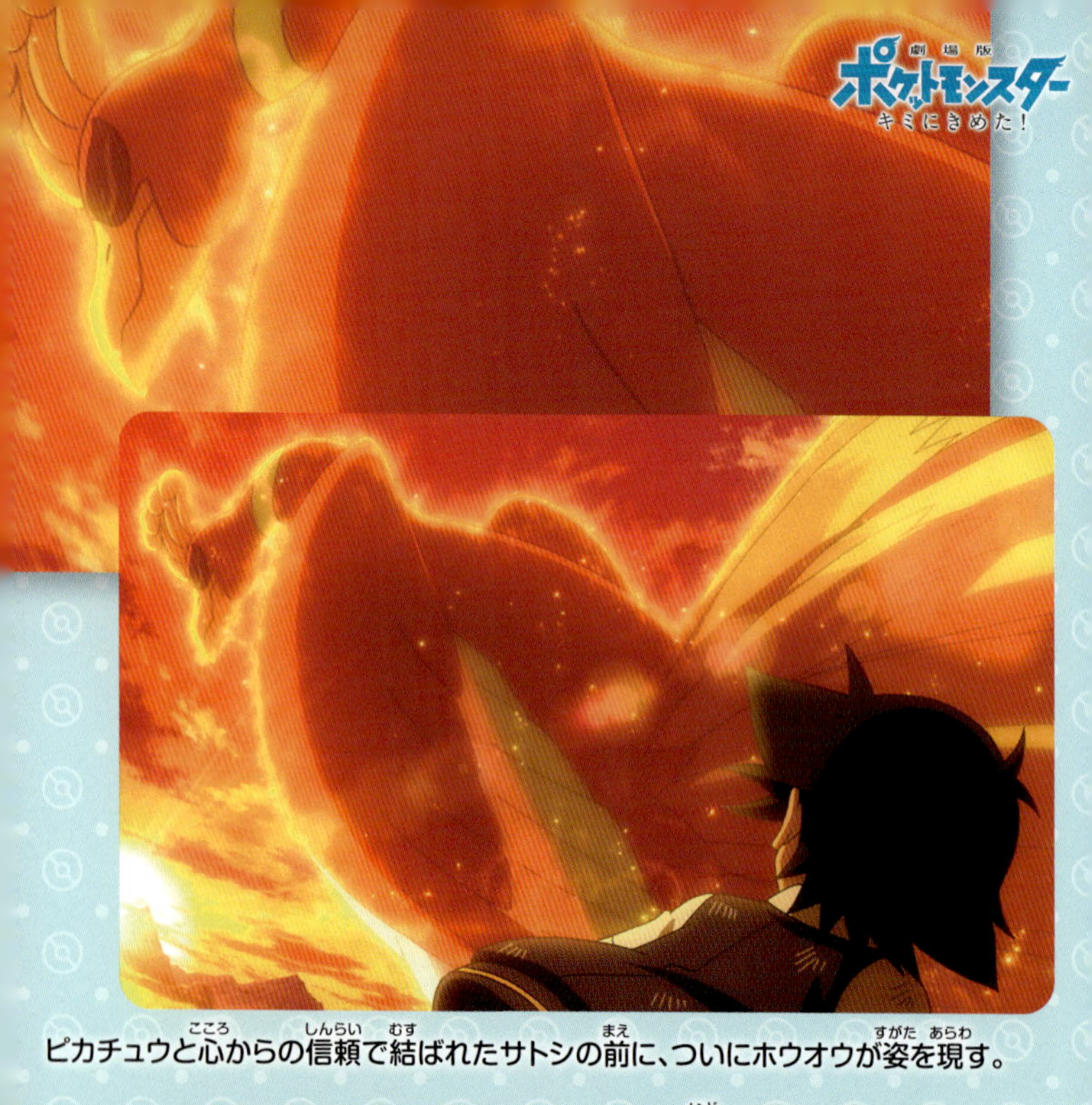

ピカチュウと心からの信頼で結ばれたサトシの前に、ついにホウオウが姿を現す。

サトシとピカチュウは、ホウオウにバトルを挑む――・・・!!

劇場版ポケットモンスター

キミにきめた！

水稀しま／著

米村正二／脚本　首藤剛志／一部脚本　石原恒和／監修　田尻 智／原作

★小学館ジュニア文庫★

ポケットモンスター。
縮めてポケモン。
この星の不思議な不思議な生き物。
空に、海に、森に。
世界中のいたるところで、その姿を見ることができる。
人とポケモンはさまざまな絆を結び、この世界の中で暮らしていた。

マサラタウンのサトシは、ポケモンが大好きな少年だ。
十歳になってポケモントレーナーとして旅立てる日をずっと心待ちにしていた。
そして明日、いよいよ十歳の誕生日を迎える――。

1

セキエイ高原にあるビッグスタジアムではポケモンリーグの決勝戦が行われていて、熱気に包まれた観客席からは大歓声が上がっていた。

スタジアムの中央に設置されたバトルフィールドでは、ゲンガーとカメックスがバトルを繰り広げている。

頭や手足、大砲を甲羅の中に引っ込めて高速回転したカメックスが、大きく旋回してゲンガーに飛びかかった。が、すんでのところでゲンガーがジャンプしてかわし、カメックスが巻き上げた土煙がトレーナーを襲う。

『ゲンガー、《ジャイロボール》をかわした――!!』

カメックスが頭と手足を出して着地すると、ゲンガーは《ナイトヘッド》を発動した。

恐ろしい幻を見せてダメージを与えるわざだが、カメックスは耐え切った。そしてすかさず《れいとうビーム》を放つ。

強烈な冷気がゲンガーに命中し、一瞬にして凍ってしまった。

『凍らされてしまったー！　さぁどうする⁉』

トレーナーはゲンガーをモンスターボールに戻し、新たなモンスターボールを投げた。

出てきたのは〈たねポケモン〉のフシギバナだ。

「バナーーー‼」

野太い咆哮を上げたフシギバナは、《はっぱカッター》を発射した。刃のような鋭い葉が次々とカメックスに命中するが、カメックスは耐えた。そして背中の大砲から《ハイドロポンプ》を放つ。

『カメックスの《ハイドロポンプ》、直撃だーーー‼』

ドオオオォォンン‼

《はっぱカッター》と《ハイドロポンプ》が激突して、すさまじい爆発が起こった。爆風に飛ばされた両者は同時に着地したかと思うと、フシギバナが《ソーラービーム》を、カメックスが《ハイドロポンプ》を発射した。

「おお〜っ！　すげ〜〜〜！　カッコイイ〜〜〜〜!!」

自分の部屋のテレビでポケモンリーグの決勝戦を観ていたサトシは、興奮のあまり握った拳をブンブン振り回した。

ポケモンリーグの試合は、何度観ても、その迫力に興奮せずにはいられなかった。生で観たらもっとスゴインだろうな。いや、自分がポケモントレーナーになってバトルしたらもっと――。スタジアムに立つ自分を想像しただけで、サトシはワクワクした。

いよいよ、明日だ。明日、サトシは十歳の誕生日を迎える。

サトシが住んでいるマサラタウンでは、十歳になると、ポケモン研究家のオーキド博士から初心者用のポケモン――フシギダネ、ヒトカゲ、ゼニガメのいずれか一体をもらい、ポケモントレーナーとして旅立てるのだ。

サトシは壁に貼ってあるフシギダネ、ヒトカゲ、ゼニガメのポスターを見た。他にもベッドシーツや目覚まし時計、鉛筆削りなど、サトシの部屋はポケモングッズであふれている。

ポケモンリーグの決勝戦が終わり、ベッドに入ったサトシは、明日からのことを考えると興奮してなかなか眠りにつけなかった。

「……フシギダネ……ヒトカゲ……ゼニガメ……」

　ようやく眠りについたサトシは、バトルする夢を見ていた。ムニャムニャ寝言を言いながら寝返りを打つと、突然ムクリと起き上がる。そして、

「……キミにきめた！」

　ヘッドボードに置いたモンスターボール型の目覚まし時計をつかんで、壁に投げつけた。ポーズを決めたサトシは目をつぶったまま嬉しそうに笑うと、そのままパタリとベッドに倒れ込んだ。


　夜が明けて太陽がゆっくり昇り始めると、木の枝に留まったドードリオが鳴いた。

　いつまで経ってもサトシが起きてこないので、母・ハナコはサトシの部屋のドアを勢いよく開けた。

「サトシ、いつまで寝てるの!?　オーキド研究所に遅れちゃうわよ！」

　ハナコに起こされたサトシは、ん～……と眠そうな目を開けて、

「……オーキド研究所……？」

朝日の差し込む窓をボーッと見た。

「あ――!!」

すっかり昇った太陽を見て、寝坊したことに気づいた。慌てて起き上がり、ベッドのハシゴを下りようとして滑り落ちる。ハシゴのそばには壊れた目覚まし時計が転がっていた。

「ママ、なんで起こしてくれなかったの!?」

「十歳になったら自分で起きるって言ったでしょ！」

廊下に出たサトシは階段を踏み外して転げ落ちると、そのまま裸足で外に飛び出した。

そして猛然と走っていく。

「フシギダネ、ゼニガメ、ヒトカゲ！　誰でもいいから待っててくれ〜〜〜!!」

オーキド研究所に着くと、オーキド博士が玄関の前でマダツボミとナゾノクサに、ゼニガメ型のじょうろで水をやっていた。

「オーキド博士！」

「おう、サトシ君」

「オレの……オレのポケモンは!?」

サトシが息を切らしながらたずねると、オーキド博士は「ん？」と不思議そうな顔をした。

「ああ。今日の旅立ちは四人と聞いていたが、君が最後の一人か……しかし君、パジャマで行くのか？」

「え？　ああっ!?」

オーキド博士に言われて、サトシはようやく自分がパジャマのままだということに気づいた。着替えもせず荷物も持たぬまま、来てしまったのだ。

そんな慌てん坊のサトシを、オーキド博士は快く研究所の中に入れてくれた。研究室への階段を上るオーキド博士の後を、サトシは嬉しそうについていく。

「オレ、ず〜っと迷ってたんだけど、決めました。ゼニガメ！　オレのポケモンはキミにきめた！」

モンスターボールを投げる真似をしながら言うと、

「ゼニガメは遅刻しなかった子が連れていった」

オーキド博士にあっさり言われて、サトシはガクリと肩を落とした。

「くっ……悪いのはオレだ。ならば……フシギダネ、キミにきめた！」

「それも時間通りに来た子が持っていった」

「う〜〜〜……」

サトシは階段を踏み外しそうになった。まさかフシギダネまで取られてしまったとは……。でもこれも全て、遅刻した自分が悪いのだ。ならば残るポケモンは一匹——サトシは気を取り直して階段を上り始めた。

「ヒトカゲ、キミこそオレの選んだポケモンだ！」

「通勤電車もポケモンも、一秒の遅れが人生を変える」

階段を駆け上がって研究室に飛び込んだサトシは立ちつくした。

モンスターボールが一つも残っていない。ヒトカゲも別の子が持っていってしまったのだ——。

「じゃあオレは、ポケモンなしで旅に出るんですか……？」

「もう一体、いるにはいるんだが——」

「そいつをください！」

サトシがお願いすると、オーキド博士は困った顔をした。

「その残りのポケモンには、ちと問題があってな」

「いいんです！　オレが遅刻したことにも問題があります！」

「ならば……」

オーキド博士は二階のテラスを見上げた。サトシもつられて見ると、テラスの向こうにかわいく揺れる黄色いギザギザの尻尾が見えた。――ポケモンだ！

「オレの⁉　オレのポケモン⁉」

サトシは「うわ～！」と興奮して階段を駆け上がった。またもや足を踏み外して滑り落ちたが、すぐに起き上がってまた上っていく。すると、テラスにいた黄色いポケモンがサトシの足元をすり抜けて階段を下りていった。

「どわっ！」

追いかけようとしたサトシは足を滑らせて階段を転げ落ちた。いてて……と体を起こすと、オーキド博士の足の後ろからポケモンがヒョコッと顔を出した。

「ピカカカカ……」

ポケモンはピンと立った長い耳をピクピクさせながら笑った。かわいらしい姿をしたポケモンは膨らんだ頬が赤く、まん丸な瞳をしている。

「ピカチュウというポケモンじゃ」

「わぁ！　かわいい！　最高じゃないですか！」

「そうかな」

「そうですよ！」

サトシはピカチュウに近づいて抱き上げた。

「オレ、サトシっていうんだ。よろしくな、ピカチュウ！」

すると、バチバチッとピカチュウの赤い頬に電気が発生して、

「ピ〜カチュウウウウ!!」

サトシに強烈な電撃を放った。

「ぎゃああああ!?」

「別名、電気ネズミ。恥ずかしがり屋で人に馴れにくく、下手に触るとそうなる」

サトシの髪は一瞬にしてチリチリになり、パジャマもボロボロになってしまった。不機嫌そうなピカチュウが手から離れて床に下りると、サトシはブルブルと頭を振った。

「こ……これしき、へっちゃらです！」

「ならば、これがピカチュウのモンスターボールじゃ」

オーキド博士は持っていたモンスターボールをサトシに渡した。雷マークが入ったピカ

チュウのモンスターボールだ。

「わぁ～！　ありがとうございます！」

サトシが手にしたモンスターボールをしげしげと眺めていると、

「サトシ！」

ハナコがリュックと服を抱えて階段を上ってきた。

「ポケモンもらったら、そのまま旅立つつもりだったんでしょ？　ったくもぉ～！」

服を受け取ったサトシは、さっそく着替えた。黒いTシャツにズボン、青い半袖の上着に、グローブとスニーカー。そして、赤いつばの帽子をキュッと被る。

「はい。シャツにパンツにタオル、歯ブラシと寝袋も入れといたから」

ハナコは持っていたリュックをサトシに背負わせた。そのそばで、ピカチュウが大きく背伸びをする。

「よし！　行くぜ、ピカチュウ！」

張り切ったサトシが声をかけると、ピカチュウは「ピ！」とそっぽを向いた。ハナコがそんなピカチュウを見て「ん？」と首をかしげる。

「ポケモンは普通、モンスターボールに入ってるんでしょ？」

サトシは「もちろんだよ」とモンスターボールをピカチュウに向けた。

「ピカチュウ。さあ、これに入るんだ」

「ピ！」

ピカチュウはプイッとそっぽを向いた。

「さあ、入るんだ！」

サトシがしゃがんでモンスターボールを向けると、ピカチュウは尻尾でモンスターボールを弾いた。

「あいた〜〜〜〜〜！」

弾いたモンスターボールがサトシの顔面に直撃して、ハナコが「まぁ……！」と目を丸くする。

「実はこのピカチュウ、モンスターボールに入るのが嫌いなんじゃ」

「そんなぁ……！」

オーキド博士の言葉に、サトシは驚いた。モンスターボールに入るのが嫌なポケモンなんているんだ。でも、ここはなんとかモンスターボールに入れなければ……！

「さあ、入るんだ！」

サトシは立ち上がって、ピカチュウにモンスターボールを投げた。が、ピカチュウは後ろ足で弾き返した。

「あれ？　よっ！　とっ！」

と何度も投げ続けたが、

「ピ！　カ！　チュウ！」

足や頭で弾き返され、最後は尻尾で勢いよくバシーン！　と弾かれ、サトシの顔面にモンスターボールが直撃した。

「うげっ！」

「ピカピカピカ！」

ピカチュウがバカにしたように笑う。すると、そばで見ていたハナコがフフッと微笑んだ。

「まぁ、キャッチボールするほど仲がいいってことね」

「そ、そうさ！　ピカチュウとオレは友だちなんだ。なっ！」

気を取り直したサトシは、ピカチュウを抱き上げた。

「ピ〜カ〜……」

ピカチュウがムッと顔をしかめたと思ったときはもう遅かった。

「チュウウウウ〜〜〜〜!!」

さっきよりも強烈な電撃が放たれ、サトシ、ハナコ、そしてオーキド博士まで感電してしまった。


オーキド研究所を出発したサトシは、マサラタウンの外れにある丘を登っていた。その後ろには、紐で繋がれたピカチュウがズルズルと引きずられながら歩いている。

しばらくその状態で坂道を上っていたサトシは、立ち止まってハァとため息をついた。

「あのさ、この状態ずっと続ける気？」

「ピカ」

ピカチュウはそっぽを向いた。オーキド研究所を出てからずっとこの調子だ。サトシはピカチュウの前でしゃがみ込んだ。

「キミはオレが嫌い？」

「ピカピカ」

うん、嫌いだよと言わんばかりにうなずく。

「オレはキミが好きだよ」

ピカチュウは「ピ」とそっぽを向いた。

「とにかくオレは仲良くなりたいんだ。これもやめよう」

サトシはそう言うと、ピカチュウの体に巻いた紐を解いた。

こんなもので無理やり引っ張って連れていっても、仲良くなんてなれないからだ。

「さ、握手」

と人差し指を差し出したが、

「ピ」

またもやそっぽを向かれてしまった。

「困ったなぁ〜……」

どうしたら仲良くなれるんだろう――サトシが苦笑いすると、背後で「ポッポ」と声がした。振り返ると、草むらの中にポッポがいて、何やら地面をついばんでいる。

「ポッポだ！　よ〜し！」

サトシは草むらへ駆け出し、ベルトに装着したホルダーからモンスターボールを取り出した。

「初めてのゲット！　ポケモンマスターへの第一歩だ！　行け、モンスターボール!!」

大きく振りかぶり、ポッポ目がけてモンスターボールを投げた。コツンとポッポの頭に当たったモンスターボールが開いて光を放ち、ポッポを吸い込んだかと思うと、パチンと閉じて地面に落ちた。

「やったぜ！」

喜んだのもつかの間、すぐにボールが開いてポッポが飛び出した。

「あれ？」

「ピカピカ！」

岩の上にいたピカチュウがあざ笑い、サトシはハッとした。ただやみくもにモンスターボールを投げても、ポケモンはゲットできないのだ。

「ゲットするにはポケモンバトルだ！　行け、ピカチュウ!!」

と指示するサトシに、ピカチュウは「ピッカ」とそっぽを向いた。

「協力してくれないの？」

ピッカ、とうなずく。

「いいよ、だったらオレが！」

サトシは近くに落ちていた石を拾うと、ポッポに向かって投げた。するとポッポがバサッと飛び立ち、草むらに石が落ちてゴンッと鈍い音がした。

「オニ～～～～」

草むらからオニスズメが顔を出した。頭にできたたんこぶがプクーッと膨らんでいる！

「オニスズメ……！」

思わず後ずさりしたサトシは、つまずいて尻餅をついた。その情けない姿を見て、ピカチュウが「ピカピカピカ！」と笑う。

笑い声に気づいて、オニスズメはピカチュウの方を見た。

「オニオニ」

石を投げたのはお前か――怒ったオニスズメは飛び立ち、ピカチュウ目がけて突っ込んできた。

「ピカチュウウウ～～～～!!」

ジャンプして間一髪でかわしたピカチュウが《10まんボルト》を放つ。強烈な電撃が旋回するオニスズメに見事命中し、オニスズメはフラフラと飛んでいった。

「ピッカ」

ふんぞり返るピカチュウの隣で、サトシが立ち上がると――オニスズメが飛んでいった空の向こうから何かが群がって押し寄せてくるのが見えた。

それは、オニスズメの大群だった。ピカチュウの電撃にやられたオニスズメが仲間を呼んで戻ってきたのだ！

サトシとピカチュウは不安げに顔を見合わせた。

「逃げるぞ、ピカチュウ！」

「ピカ！」

ピカチュウが先に駆け出して、サトシも後に続いた。するとオニスズメの大群はあっという間に追いついて、サトシを追い越してピカチュウに向かった。

「オニオニオニ～～～!!」

オニスズメたちはピカチュウに群がったかと思うと、クチバシや鋭い爪で一斉に襲いかかった。

「やめろ～！　石を投げたのはオレだ！　攻撃するならオレにしろ――!!」

サトシは必死にオニスズメを手で払いながら、うずくまるピカチュウを抱き上げた。

「……ピカ……チュウ……」

体中傷だらけになったピカチュウは、サトシの腕の中で弱々しい声を上げた。

サトシはピカチュウを守るように抱きながら走った。が、オニスズメたちは執拗に追いかけ、サトシを攻撃する。

それでも必死に耐えながら走り続けると、その先は崖だった。

こうなったら一か八かだ！

サトシはそのまま走り続け、崖からダイブした。

ドッボーン！

崖の下を流れる川に落ちたサトシは、ピカチュウを抱きかかえたまま激流に流されていった。すると、巨大なポケモンが流れに逆らってこっちに向かってくるのが見えた。

ギャラドスだ。

鋭い牙が生えた大きな口を開け、青い鱗に覆われた長い体をくねらせながら激流を上っていく。ギャラドスを初めて見たサトシは、すれ違うその巨体にただただ驚くばかりだった。

やがて川岸にたどり着き、川から上がったサトシは腕の中のピカチュウに声をかけた。

「大丈夫か？　ピカチュウ」

ぐったりとしたピカチュウは、薄目を開けただけだった。呼吸が荒く、かなりのダメージを受けている。

「オニオニ〜〜〜〜！」

遠くから声がして振り返ると、対岸からオニスズメの大群が近づいてくるのが見えた。

「クッ……！」

サトシはピカチュウを抱えて走り出した。さっきまで晴れていた空にはいつの間にか厚い雲がかかり、今にも雨が降り出しそうだ。

「ピカチュウ！　絶対オレが守ってやるからな！　頑張れよ！」

サトシを見るピカチュウのうつろな瞳に、ポタッと雨が落ちて流れた。

大粒の雨が降る中、サトシは走り続けた。ときおり遠くで雷鳴が聞こえる。

あっという間にオニスズメの大群に追いつかれて、無数のくちばしや鋭い爪がサトシを襲った。それでも必死でピカチュウを守りながら走り続けたサトシは、つまずいて転んでしまい、ピカチュウを落としてしまった。

地面にぐったりと倒れたピカチュウの体に、容赦なく雨が降り注ぐ。

「ピカチュウ……」

起き上がったサトシは、よろよろとピカチュウに歩み寄ってひざをついた。雨に打たれたピカチュウは目を閉じたまま、荒い呼吸をしている。

「ピカチュウ……こんなのありかよ……」

無数の傷と泥まみれになって横たわるピカチュウを、サトシは呆然と見つめた。

まさかピカチュウがこんな目に遭うなんて。オレが石を投げたばっかりに——。

「……ピカ……」

ピカチュウが小さく目を開けて、サトシを見上げた。その肩越しに、オニスズメの大群が迫ってくるのが見える。

上空を振り返ったサトシは、腰のベルトからピカチュウのモンスターボールを取り出した。

「ピカチュウ、これに入れ！」

「ピカ……？」

「この中に入るのが嫌いなのはわかってる……でも入れば、お前は助かるかもしれないんだ。さあ、入ってくれ。後はオレに任せろ！」

モンスターボールをピカチュウの前に置いたサトシは、立ち上がった。キャップのつばを後ろ向きにして、オニスズメの大群に立ち向かう。

「お前ら、オレをなんだと思ってんだ⁉　オレはマサラタウンのサトシ！　世界一のポケモンマスターになるんだ！　お前らなんかに負けない！　みんなまとめてゲットしてやる‼」

渦を巻いていたオニスズメの大群は大きくうねると、巨大なひとかたまりになった。

「ピカチュウ、入れ！　モンスターボールに！」

背後にいるピカチュウに声をかけ、再びオニスズメの大群に向き合う。

「さあ来い！　オニスズメ‼」

モンスターボールを前にしたピカチュウは、両手を広げてオニスズメの大群に立ち向かうサトシを見た。必死にピカチュウを守ろうとする、その背中を――。

膨れ上がったオニスズメのかたまりは、大きく旋回して、サトシ目がけて一直線に突き進んだ。その後ろで、厚い雲に覆われた空が光る。

力を振り絞って体を起こしたピカチュウは、駆け出した。サトシの体を駆け上がり、肩を蹴って大きくジャンプする。

ドオォン！

宙を飛ぶピカチュウに雷が落ちて、電気を体に溜めたピカチュウは、《10まんボルト》を放った。

「ピ〜カチュウウウウ――――!!」

巨大な閃光が広がり、すさまじい爆発が起こった。爆煙の中からオニスズメが散り散りに逃げていく。

やがて膨れ上がった黒煙が薄れて消えていくと、雨も徐々にやんでいった。

気絶していたサトシが目を開けると、厚く垂れ込めていた雲が薄れて夕日が差していた。

「ピカチュウ……」

サトシと並んで倒れていたピカチュウは目を開けていた。じっとサトシを見つめている。

「ピカピ……」

サトシは手を伸ばしてピカチュウを抱き寄せた。すると、ピカチュウがサトシの頬をペロリとなめて、ニッコリと微笑んだ。

「オレで……いいのか？」

「ピカ」

笑顔でうなずくピカチュウを、サトシは強く抱きしめて、頬をすり寄せた。

あれほど頑なに拒んでいたピカチュウが、サトシに心を開いた。サトシがピカチュウを相棒に決めたように、ピカチュウもサトシを相棒として認めてくれたのだ。

心が通い合ったふたりが顔を寄せていると——突然、どこからか雄叫びが聞こえた。驚いて空を仰ぐと、赤く染まる西の空の方から、何かが飛んでくるのが見えた。

それは巨大な翼を持ったポケモンだった。七色に輝く大きな翼を広げて、サトシたちの頭上を飛んでいく——。

「あれは……？」

そのポケモンはオレンジ色の空にかかった虹に向かって羽ばたいていった。すると、飛び去った頭上から一本の羽根が舞い落ちてきて、サトシは手を伸ばした。

フワリと手のひらに乗ったとたん、虹色の羽根は何かを訴えるように輝きを増して、驚いたサトシたちは虹の彼方に小さくなっていくポケモンを見上げた。

すると、羽根の輝きが徐々に収まっていった。

視線を空に戻すとポケモンの姿はすでになく、虹だけが見える。

サトシはワクワクした。この広い世界には、まだ知らないポケモンがいっぱいいるのだ。

「ピカチュウ、いつかあいつに会いに行こうぜ！」

「ピカチュウ！」

希望に胸を膨らませたふたりは、夕空にかかった虹をいつまでも眺めていた。

2

ピカチュウと一緒に旅に出たサトシが、次に遭遇したのはキャタピーだった。

森の中を歩いていたら、木の枝に留まっているキャタピーを偶然見つけたのだ。

サトシとピカチュウは木の根元からそっと顔を出して、キャタピーの様子をうかがった。

すると、張り切ったピカチュウが飛び出し、

「ピ〜カ〜」

と両頬から電気を散らした。サトシが慌ててピカチュウの口をふさぐと、ピカチュウは思わず電気を放った。

「ぎゃああ！」

サトシの声に驚いたキャタピーは、口から糸を吐いた。ポケモンのわざの一つ、《いとをはく》だ。サトシはキャタピーが吐いた糸でぐるぐる巻きにされてしまった。

「ピカチュウ、《10まんボルト》だ！」

すんでのところで糸から逃れたピカチュウは《10まんボルト》を放った。同時にサトシが体に巻かれた糸を引きちぎる。

「ピカチュウ、《でんこうせっか》！」

前に飛び出したピカチュウは大きくジャンプして、木の枝に留まったキャタピーに突っ込んだ。吹っ飛ばされたキャタピーが地面に落ちて、ズザァと滑っていく。

「行け！　モンスターボール!!」

サトシは大きく振りかぶってモンスターボールを投げた。キャタピーを吸い込んだモンスターボールが地面に落ちて、中央のボタンを赤く光らせながらゆらゆらと揺れる。

サトシとピカチュウは揺れるモンスターボールを祈るようにじっと見つめた。すると、カチッと音がして、ボタンの光が消えた。

「やったぁ！　キャタピー、ゲットだぜ!!」

「ピ〜ピカチュウ！」


その後もサトシは順調にポケモンをゲットしながら旅を続けた。

ポケモンセンターがない森の中では寝袋に入って寝た。最初はちょっぴり不安だったけれど、すぐに慣れた。ピカチュウが一緒にいてくれるからだ。寝袋に潜り込んでくるピカチュウを抱き寄せて目を閉じると、ぐっすり眠ることができた。

そうやって朝を迎えたら、荷物をまとめて出発する。

町でトレーナーと出会えば、挨拶代わりにポケモンバトルをした。

熱いバトルを繰り広げた結果、負けたとしても決して恨みはしない。バトルの後は互いの健闘を讃え、さわやかに握手して「またな」と別れる。

そうして幾多のポケモンバトルを経て強くなっていったサトシたちは、ポケモンジムを訪れた。ポケモンジムのジムリーダーとバトルして、勝てばジムバッジをもらえるのだ。

ジムリーダーに挑戦してジムバッジをゲットしたサトシが、次に訪れたのはタマムシジムだった。

タマムシジムのジムリーダーは、エリカという〈くさ〉タイプのポケモンを使う少女だった。

木に囲まれたバトルフィールドで、エリカが出してきたのはモンジャラだ。

「モンジャラ、《つるのムチ》ですわ！」

「ジャラ〰〰！」

モンジャラの体から二本のツルが伸びて、《でんこうせっか》で突進するピカチュウに迫った。が、ピカチュウは左右に高速で移動しながら《つるのムチ》をかわし、モンジャラに突っ込んだ。吹っ飛ばされたモンジャラが岩に激突して、もみじの葉がヒラヒラと舞い落ちる。

岩場に倒れたモンジャラは目を回していた。

「モンジャラ、戦闘不能！　よって勝者、マサラタウンのサトシ！」

審判員がサトシ側の旗を上げて、サトシは「よっしゃー!!」とガッツポーズをした。

「よくやったな！　ピカチュウ!!」

サトシの胸に飛び込んできたピカチュウと勝利を喜んでいると、モンジャラをモンスターボールに戻したエリカが歩み寄ってきた。

「それではジムリーダーを倒した証、ポケモンリーグ公認『レインボーバッジ』を差し上げますわ」

サトシは花のような形をしたレインボーバッジを受け取った。

「レインボーバッジ、ゲットだぜ！」

「ピッピカチュウ！」

拳を振り上げて喜ぶサトシに、エリカは「これで何個目ですの？」と訊いた。

「三個目です！」

「八個集めてポケモンリーグに挑戦してください」

「はい！　頑張ります！」

力強く答えたサトシが肩に乗ったピカチュウのほっぺをなでると、ピカチュウはチャア〜と気持ちよさそうに喜んだ。

三個目のバッジをゲットできたのも、ピカチュウのおかげだ――サトシは心から思った。すっかり心が通じ合ったふたりは、互いに信頼し合い、力を合わせてバトルに挑むことができた。ポケモンバトルに必要なのは、強い力だけじゃない。ポケモンとトレーナーの絆が何より大切なのだ。

　エリカとのバトルを終えたサトシは、タマムシジムの近くにあるポケモンセンターに寄った。標高の高い高原にあるポケモンセンターは巨木に囲まれたロッジ風の建物で、その周りではニドランやポッポなど、たくさんのポケモンたちの姿を見ることができた。
サトシが建物の中に入って受付に行くと、ポケモンセンタースタッフのジョーイから「至急お母さんに電話してください」と言われた。なんでも大事な話があるとハナコから伝言を預かったらしい。サトシはさっそくロビーにあったテレビ電話でハナコに連絡した。

「あ、ママ？」

『もぉサトシ！　やっと連絡くれたわね！』

テレビモニターに映ったハナコは頬を膨らませた。

「え、まぁ……」

『あなたが行きそうなポケモンセンターに片っ端から伝言残すの大変だったんだから』

「で、大事な話って？」

『そうでも言わないと連絡してこないでしょ。まったく、あなたもパパも行ったら行ったきり……ちょっと連絡入れるぐらいなんでもないでしょ。——あ、ピカちゃん、元気？』

サトシの足を登って肩に乗ってきたピカチュウに、ハナコは手を振った。

「ピカ！」

「なんだよ、じゃあもう切るよ」

サトシが電話を切ろうとすると、

『待ちなさい！』

テレビモニターに映ったハナコが身を乗り出した。

『ごはんちゃんと食べてるの？』

「うん、食べてる」

『野菜もちゃんと取らないとダメよ。お洗濯は？　汚れたシャツを着てないでしょうね？』

「もぉ……大丈夫だよ、ママ」

サトシはうんざりした。大事な話があると言われたから慌てて電話してみたら、どうでもいいことばかり。ポケモンセンターには旅をしている自分と同じくらいの子がたくさんいるっていうのに、まるっきり子ども扱いだ。


ロビーのソファでルカリオと一緒にタブレットを見ていた少年——ソウジは、肩にピカチュウを乗せてテレビ電話をしているサトシを見た。

母親と電話か——ソウジはすぐにタブレットに目を戻した。

テレビ電話のそばにある受付にいた少女——マコトは、電話で母親に注意されているサトシを見て、フフッとせせら笑った。すると、受付奥の自動ドアが開いて、ジョーイとラッキーが出てきた。

「お待たせ。お預かりしたポケモンはこのとおり元気になりましたよ」

「ありがとうございます、ジョーイさん！」

トレイに載せたモンスターボールを受け取ったマコトは、受付に置かれたパソコンのモニターを見た。

『WANTED』と大きく書かれた文字の下に三枚の写真が表示されていた。顔がよく見えない男女と〈ばけねこポケモン〉ニャースの写真だ。

「これって、手配書ですか……？」

マコトがモニターを指差すと、ジョーイはモニターを振り返った。

「ああ、ロケット団よ。人が持っている珍しいポケモンや強いポケモンを強奪する悪いヤツら」

「へぇ……なんだかなぁ……」

とモニターを見ているマコトの近くで、椅子に座って新聞紙を広げている人たちがいた。

ロケット団のムサシ、コジロウ、ニャースだ。

三人は新聞紙に開けた穴から受付を見ていた。

「なんだかなと言われても」

「答えてあげる義理はなし」

ムサシとコジロウがつぶやくと、真ん中に座ったニャースが不服そうな顔をした。

「しかもあれには、ニャーが人間の言葉をしゃべれる特別なポケモンって情報が欠けてるニャ～」

両隣のムサシとコジロウは新聞紙をやや下げて、ニヤリと笑った。

「許せない」

「許しちゃいけない」

「とびっきり」

「底抜けに」

「強くて珍しいポケモンをゲットして、ニャーたちのすごさを教えてやるニャ！」

三人が顔を見合わせてニヒッと笑っていると、突然、入口のドアがバンッと勢いよく開いて、シャワーズを抱えたトレーナーの少年が入ってきた。

「すみません！　ジョーイさん、こいつをお願いします！　ボクのシャワーズが……！」

まっ先に受付に向かった少年は、腕に抱いたシャワーズをジョーイに見せた。傷だらけでかなり弱っている様子だ。

「ひどいダメージね。何があったの？」

「エンテイが現れて……」

受付のそばでテレビ電話をしていたサトシは、少年の言葉にハッと振り返った。マコトやソウジ、その場にいた他のトレーナーたちも驚いて少年に目を向ける。

「エンテイ⁉　――ママ、ごめん！　切るよ‼」

『あ、ちょっと！』

サトシはテレビ電話のスイッチを切り、受付にいる少年に駆け寄った。

「エンテイってあの……？」

サトシがたずねると、シャワーズをジョーイに預けた少年は「ああ」とうなずいた。

「伝説のポケモンだよ。滅多に会えないレア中のレアポケモンだったのに……すごく強かった。ボクのシャワーズ、あっという間に倒されちゃって……森の中に消えていったんだ」

少年が言うと、いつの間にか集まってきていたトレーナーたちが一斉に出入り口に向かって駆け出した。

「まだ近くにいるぞ！」

「ゲットするのはオレだ！」

と走っていくトレーナーたちに続いて、ソウジとマコトも駆けていく。

「行くぞ、ピカチュウ！」

「ピッカ！」

取り残されたサトシとピカチュウも慌てて出ていき、あっという間にポケモンセンターには人がいなくなった。

新聞を読むふりをして話を聞いていたムサシは、ニヤリと笑った。

「コジロウ、ニャース。聞いてのとおりよ！」

「フッ……伝説のポケモン、エンテイなら獲物にとって不足なし」

「猫に小判、ポケモンも小判ニャ」

三人は顔を見合わせて不敵な笑みを浮かべると、

「とうっ!!」

変装用に着ていたコートを脱いで天井へ放り投げた。胸に『R』のロゴが大きく入ったムサシとコジロウの服を見て、ジョーイが「あ！」と叫ぶ。

「あなたたちは……！」

「エンテイゲットでいいカンジ〜〜〜〜!!」

ロケット団の三人は扉を勢いよく開けて、森の方へと走っていった。


サトシとピカチュウは、高原の先にある森の中を走っていた。

何百年も経っていそうな巨木に囲まれた森は、大きな葉の枝が幾重にも重なって太陽の光を遮り、ひんやりとしている。

「どこだ!?　エンテイ！」

サトシは周囲を見回しながら走った。すると、

「ピ！　ピカ!!」

先を走っていたピカチュウが立ち止まった。ピカチュウが向いている方向を見ると——木々の向こうに大きな岩があって、その上に何かが立っていた。岩場に差す光が逆光になってシルエットしか見えないが、太い四肢を張り出した大きな体、背中から幾つも伸びた刃のような突起と噴煙を思わせる長いたてがみ。エンテイだ——！

「いた……!!」

同時に叫ぶ声がして、サトシは横を向いた。すると奥の岩の上に、頭の天辺で髪を一つに結んだ活発そうな女の子が立っていた。ポケモンセンターの受付にいたマコトだ。

マコトはサトシを見てニヒッと笑うと、岩から飛び降りてエンテイの方へ駆け出した。

サトシもハッとして慌てて駆け出す。すると、マコトは走りながらモンスターボールを投げた。

「ポッチャマ、お願い！」

モンスターボールから出てきたのは、〈ペンギンポケモン〉のポッチャマだった。

「ポッチャマ！　エンテイ、ゲットするわよ!!」

「ポチャ！」

ポッチャマが張り切って先頭を走っていくと、

「待てよ！　オレの方が先だ！」

サトシがマコトの横に並んだ。

「私が先よ！」

二人は我先にと走った。岩を飛び越え木々の間を抜けて、エンテイがいる岩場へ出る。

「ポッチャマ！　《バブルこうせん》！」

先に攻撃を仕掛けたのはマコトだった。

「ポッチャマ〜〜〜〜!!」

ポッチャマは口から無数の泡を出して勢いよく放った。するとエンテイは大きくジャンプした。その大きな体がサトシの頭上を飛び越え、背後でズシン！　と地響きを立てて着地する。

サトシのすぐそばにエンテイは立っていた。茶色の毛に覆われた大きな体もさることながら、燃えるように赤い瞳に射すくめられたサトシは、その迫力に思わず後ずさった。

しかし、ここで怯んではいけない。ゲットしなければ——！

「ピ、ピカチュウ！　《10まんボルト》！」

サトシのそばでエンテイを警戒していたピカチュウは、両頬から電気を発し、《10まんボルト》を放った。が、エンテイはまたもや飛びかわした。そして元の岩に飛び乗り、サトシやマコトの方に向き直った。次の瞬間——エンテイは大きな口を開け、真っ赤な炎を吐き出した。《かえんほうしゃ》だ！

激しく渦を巻いた炎が向かってきて、サトシたちは逃げ出した。

「あちっ！　あちあち！」

一番後ろを走っていたサトシの尻に火がつき、慌てて尻を叩いて消す。

すると、火の粉をまき散らしたエンテイが左へ大きくジャンプした。そこにいたのは、ポケモンセンターにいたソウジと〈はどうポケモン〉のルカリオだった。

エンテイに鋭い眼光を向けられたソウジは、怯まなかった。

「ルカリオ、《はどうだん》！」

「ルカッ！」

ルカリオは両手の間に青白い光球を発生させてエンテイ目がけて放った。エンテイの胸に命中し、ドオォン！　とすさまじい爆発が起きる。

しかし、煙の中から現れたエンテイは何事もなかったように平然としていた。そして大きくのけぞると、

「グワオッッッ！」

口から炎を吐き出した。《かえんほうしゃ》をまともに浴びたルカリオの体が吹っ飛び、木の幹に叩きつけられた。

その威力のすさまじさに、サトシとマコトは息をのんだ。

「よし、ポッチャマ！　《バブルこうせん》!!」

マコトが抱いていたポッチャマを空高く放り上げ、

「ポチャーッ!!」

宙に浮いたポッチャマが《バブルこうせん》を発射した。真上に大きくジャンプしてかわしたエンテイは、

「グワアアアッ!!」

と大きく吠え、その太い四肢で地面をズシィイイン!!　と踏みつけた。エンテイの足元から巻き上がった強力な風が、サトシたちを吹き飛ばす。

土煙が収まると、エンテイは背後にあった岩を飛び越えていき、その姿が見えなくなった――。

「もぉ！　逃げられちゃったじゃないの！」

「ポチャ！」

マコトとポッチャマに責められたサトシは、負けじと反論した。

「そっちが邪魔しなきゃゲットできたんだ！」

「ピッカ！」

「邪魔したのはそっちでしょ！」

「そっちだろ！」

「何よ、やる気!?」

突っかかってくるマコトに、サトシは「いいぜ！」と答えた。

「オレはマサラタウンのサトシ！　バトルしようぜ！」

「受けて立つわ！　私はフタバタウンのマコト！」

マコトは名前を名乗ると、大木の根元でルカリオを介抱しているソウジの方を振り返った。

「そこの男子！　この子を倒したら次はあんたよ！」

「オレともバトルしようぜ！」

マコトの脇から顔を出したサトシは、ハッと気づいた。

「……って、オレを倒したらだと～!?」

ムッとするサトシに、マコトがいたずらっぽく舌を出す。

「ボクはトバリシティのソウジ。バトルは遠慮しておく」

ソウジはそう言うと、ルカリオをモンスターボールに戻した。

「逃げる気？」

「そうだ！　バトルしようぜ！」

「忠告しておく。もうじき嵐が来る。どこか雨宿りの場所でも探したまえ」

モンスターボールを腰のベルトにしまったソウジは、さっさと歩いていった。

「嵐……？」

サトシは空を見上げた。重なり合う厚い葉の隙間から見える空は晴れていて、嵐が来るようには思えないのだが……。

「あんたは雨宿りの前にママと電話しないとね」

マコトがイヒヒとからかうように笑った。ポケモンセンターでサトシが母親とテレビ電話をしていたのを聞いていたのだ。

「う、うるさい！　始めようぜ！」

「望むところよ！」

二人はやや開けた場所で離れて対峙した。

「そっちから来い！」

「かっこつけちゃって。後悔しても知らないわよ！　ポッチャマ！　《ドリルくちばし》！」

駆け出したポッチャマが自ら回転して弾丸のごとく突き進んだ。

「ピカチュウ！　《アイアンテール》だ！」

「ピカ！」

飛び出したピカチュウの尻尾が鋼色に変化してギラリと光り、《ドリルくちばし》を発動したポッチャマと激突した。

ガキンッ!!　と甲高い衝突音がして、両者は互いに離れた。

「《でんこうせっか》!!」

着地したピカチュウは突進して、ポッチャマに体当たりした。吹っ飛ばされたポッチャマは地面をズザザァァと土煙を上げながら滑っていく。

「大丈夫!?　ポッチャマ！」

「ポチャー！」

ポッチャマはまだまだ気合十分だった。

「《ハイドロポンプ》よ!!」

マコトの前に出てきたポッチャマが口から猛烈な水流を発射した。反動で後ろに吹き飛ぶポッチャマをマコトが支える。

「かわせ!」

「ピカ!」

ピカチュウがジャンプして《ハイドロポンプ》をかわすと、延長線上にあった岩に水流が命中して爆発が起きた。

「イワーーーク!!」

咆哮と共に岩が大きく盛り上がって、サトシたちは目を見開いた。岩だと思っていたのは〈いわへびポケモン〉のイワークだったのだ。

「イワーク!」

寝ていたところをいきなり攻撃されたイワークは、サトシたちをギロリとにらんだ。そしてその長い体をくねらせて突進してくる――!

「わあ~~~~!!」

サトシとピカチュウはすぐさま逃げた。が、ポッチャマはイワークの迫力に体が硬直して動けない!

「うおおお!」

サトシは飛び込んでポッチャマを抱きかかえながら一回転すると、固まっているマコトに駆け寄ってポッチャマを渡した。

「さ、逃げるぞ!!」

「あ、うん……!」

サトシたちは駆け出した。すると、追いかけてきたイワークが突然地面に潜り込んだ。

エンテイを探しに森の中へやってきたロケット団は、岩の上に立って周囲を見回した。岩の周りではディグダが行列をなして進んでいる。

「エンテイはどこにいるのよ!?」

ムサシが叫ぶと、突然、ズガガガ……と地面が揺れ出した。

「エンテイが来てくれたのニャ!」

「おおーっ!　——ん?」

喜んでいたコジロウは、森の奥の地面がドドドド……と音を立てて隆起しているのに気づいた。しかもその隆起は一直線に伸びて、自分たちが立っている岩に向かってくる——!

あ、と思った瞬間——ドガアァアン!!

岩が跳ね上がり、土煙と共にイワークが地面から現れた。

「やなカンジ————!!」

岩ごと吹っ飛ばされたロケット団は、あっという間に空の彼方へ消えていった。


「イワ——ク!!」

森の中を走っていたサトシたちは、野太い咆哮を背中に受けて振り返った。姿が見えなくなっていたイワークが突如現れ、速度を上げて迫ってきた。イワークが再び地面に潜り、サトシたちは斜面を駆け下りて谷の間を走った。すると、斜面からイワークが飛び出した。

「あの岩！　あれに登れ!!」

サトシたちは谷の真ん中の高い岩によじ登った。が、イワークはそのまま岩に突っ込んできた。

「うわあぁぁ！」「ぎゃあぁぁ！」「ポチャー！」「ピカー！」

岩が破壊されて吹っ飛んだサトシたちは、そのままイワークの背中に乗り上げた。

「イワ————ッ!!」

鋭い咆哮を上げたイワークは加速して谷間を進み続けた。左右の岩を砕き飛ばし、サトシたちに破片が降り注ぐ。興奮したイワークは岩に激突してはダメージを受けていた。

「イワーク、止まれ！　このままじゃお前が危ないぞ!!」

サトシが必死で呼びかけると、後ろのマコトが止めた。

「怒鳴ったらよけい興奮するわよ」

サトシはクッ……と歯噛みした。じゃあどうすればいいんだ――!?

「ようし！」

立ち上がったサトシはイワークの背中の上を駆け出し、

「うおおおおっ!!」

イワークの頭から前方へ大きくジャンプした。着地してイワークの方を向くと、両手を広げる。

「止まれ―――!!」

だがイワークはスピードを緩めなかった。立ちはだかるサトシにまっすぐ突き進んでくる――！

「《うずしお》!!」

イワークの背中に乗ったマコトはポッチャマを抱き上げた。

「ポチャ!!」

ポッチャマは《うずしお》を発射した。激しく渦を巻いた水流が行く手を遮り、イワークはのけぞって立ち止まった。

「イワーク、おどかしてゴメン！　謝るから落ち着いてくれ！」

「イワァ……」

イワークは《うずしお》越しにサトシをじっと見た。体を張って止めようとしたサトシの真剣な表情を見たイワークは、クルリと右を向き、穴を掘って地面に潜っていった。

イワークの背中から駆け下りたマコトたちは、イワークが掘った穴に向かって叫んだ。

「イワーク、ごめんねー！」

「ポチャポチャー」

「ポッチャマの《うずしお》、助かったぜ」

サトシが言うと、マコトに抱かれたポッチャマは「ポチャ」と照れくさそうに笑った。

「……まったく、無茶するんだから」

あきれたように苦笑いしたマコトは、ぽつりとつぶやいた。

「でも、ちょっとだけ見直したかな」

「え？」

「なんでもない」

サトシがきょとんとすると——ポツリと雨粒が頬に落ちてきた。空を見上げるといつの間にか雲が垂れ込めて、雨がポツポツ降ってきた。

「雨だ」

「あの子の言ってたとおり？」

ソウジの予測が当たったのだ。

雨がどんどん強くなってきて、サトシたちは走り出した。

3

森の中に戻ってきたサトシたちは、雨宿りできる場所を探した。本降りになった雨で地面はぬかるみ、泥をはねながら走っていく。

するとサトシは岩の上に何かがいるのを見つけて、立ち止まった。マコトとピカチュウもつられて立ち止まり、サトシが見ている方向に目を向けた。

岩の上にいたのは、〈とかげポケモン〉のヒトカゲだった。雨に打たれながら、一方をじっと見ている。

サトシたちはヒトカゲに駆け寄った。

「ヒトカゲだ」

「なんか元気ないわ」

「お前、こんな雨ん中で何してんだ？」

「ピカピカ？」

サトシとピカチュウがたずねると、ヒトカゲは一瞥しただけですぐにまた視線を戻した。何を見ているんだろう——サトシたちが不思議に思いながらヒトカゲの視線の先をたどろうとすると、

「カゲ——ッ！」

突然、ヒトカゲが立ち上がった。岩から飛び降りてよろけながら走っていく先にいたのは、〈オオカミポケモン〉のルガルガン〈まよなかのすがた〉を連れた少年だった。ルガルガンは二本足で立ち、逆立った長いたてがみの下から獰猛な赤い目をのぞかせている。

「トレーナーがいたんだ」

マコトはホッと胸をなでおろした。

「カゲカゲカゲ〜〜〜」

嬉しそうな声を上げたヒトカゲは、倒れ込むように少年の足に抱きついた。すると、少年はヒトカゲを冷たく振り払った。

「お前、まだいたのか。消えろ！」

「な……！」

サトシは慌てて駆け寄り、ヒトカゲを抱え起こした。

「あんた、この子のトレーナー？」

マコトがたずねると、少年は「なんだお前ら」と眉をひそめた。

「答えろよ！」

サトシが声を荒らげる。

「はぁ？　何を熱くなってる？」

訝しげに二人を見ていた少年は、薄笑いを浮かべた。

「ああ。〝元〟だけどな」

「元？」

サトシが聞き返すと、少年はうなずいた。

「弱いから捨てたんだ。この程度のヒトカゲならいくらでもいる。だがしつこくついてくるから、ここで待ってろって言ったんだ」

サトシたちは耳を疑った。迎えに来る気もないのに待ってろだなんて――。だからヒトカゲは雨が降ってきても動かず、あの岩の上でずっと待っていたのだ。

「なんてこと言うんだ!!」

「そうよ！　ゲットしたポケモンに待ってろって言ったら、死ぬまで待ってることだってあるのよ！」

「それがどうした」

少年は冷たく言い放って歩き出した。

「待てよ!!」

サトシが少年の肩をつかんで引き戻そうとすると、ルガルガンが体当たりしてきた。尻餅をついたサトシの前にピカチュウが飛び出し、ルガルガンを威嚇する。少年は冷ややかな目でサトシたちを見下ろした。

「ポケモンは強さこそ全て。死にたくなければ強くなればいい」

「何っ!?」

「ポケモンが強くなるのを助けるのがトレーナーじゃないの！」

マコトの言葉に、少年は冷静な口調で聞き返した。

「で……何かいいことがあるのか？」

マコトがとっさに答えられずにいると、

「友だちになれる！」

立ち上がったサトシが答えた。

「甘いな。友情なんてものはポケモンを弱くするだけだ」

サトシはクッ……と歯噛みした。こいつには何を言っても無駄なのか――。

「オレの名はクロス。最強のトレーナーになる男だ」

少年はそう言うと、再び歩き出した。

「最強だと……？　よし！　バトルしようぜ!!」

サトシの言葉に、クロスは立ち止まり、振り返った。

「いいぜ。叩き潰してやる！　……と言いたいところだが、雨の日はお断りだ。じゃあな」

「おい、待てよ！」

声をかけるサトシの背後からヒトカゲが飛び出し、クロスを追おうとした。が、よろけてバタッと倒れ込んだ。

「カゲ～……」

待って、と力なく顔を上げる。しかしクロスは振り返ることなく歩いていった。

「ヒトカゲ！」

サトシが駆け寄ってヒトカゲを抱き上げたが、呼びかけても返事はなく、グッタリとしていた。マコトはヒトカゲの尻尾の炎が小さくなっているのに気づいた。

「尻尾の炎が弱くなってる。消えちゃうと死んじゃうんだよ」

「え⁉」

サトシは遠ざかっていくクロスを振り返った。アイツのせいで、ヒトカゲは冷たい雨の中こんなになるまで待っていたんだ……！

「どこかで雨宿りしないと」

「ああ！」

サトシはヒトカゲの尻尾を上着で覆って走り出した。

雨脚が強くなり、風も激しさを増した。嵐が来たのだ。

空には雷鳴が轟き、稲妻が光った。ヒトカゲを抱いて走っていたサトシは、山のふもとに洞窟を見つけた。

みんなで中へ駆け込み、雨が吹き込まないところまで進むと、

「ピカ！」

ピカチュウが洞窟の奥を見て叫んだ。

ソウジとルカリオが焚き火を囲んで岩に腰かけていたのだ。

ソウジはサトシたちを見るなり立ち上がり、駆け寄ってきた。サトシが抱いたヒトカゲを間近で見て、サトシをキッとにらむ。

「なんでこんなになるまで放っておいたんだ！」

「サトシのせいじゃないのよ。捨てられてずっと雨の中で待っていたの。トレーナーが迎えに来てくれるって信じて……」

マコトが説明すると、ソウジは厳しい表情でヒトカゲを見た。

サトシは地面にタオルを敷き、その上にヒトカゲをそっと寝かせた。

「治せるか？」

「ああ、治してみせる」

ソウジはリュックから出したすり鉢で薬草をすり潰した。マコトが濡らしたタオルをヒトカゲの額に置く。

「トレーナー想いのポケモンを死なせるわけにはいかない」

ソウジはそう言うと、薬草を手でもんですり鉢の中に入れてすり合わせた。その手際のよさをサトシは感心しながら見ていた。

ソウジは出来上がった薬をスプーンですくい、サトシが頭を持ち上げたヒトカゲの口元に運んだ。

「苦いだろうが我慢してくれ」

ヒトカゲの口に薬を流し込み、飲み込んだのを確認すると、ヒトカゲの体に触れた。

「よし。後は安静にして回復を待とう。体が冷え切っているな」

「オレがあっためてやる」

サトシはヒトカゲをひざの上で抱いた。すると、サトシの腕の中でヒトカゲがうっすらと目を開けた。

「大丈夫だよ、ヒトカゲ」

サトシが声をかけると、ヒトカゲは安心したように眠りについた。

夜になると嵐はさらにひどくなり、森の木々は雨風に激しく打たれ、空にはときおり稲妻が走った。洞窟の中にいても、ビュービューとすさまじい風の音が聞こえてくる。

サトシたちは大きな平たい岩の上で、焚き火を囲んでいた。そばの岩にペグを打ってロープを張り、濡れた服を干している。

サトシのひざの上でタオルにくるまって眠っていたヒトカゲが目を覚ました。

「どうだ？　まだ寒いか？」

「ピカ！」

「ポチャ」

ピカチュウとポッチャマも心配そうにのぞき込む。

「カゲ……」

ヒトカゲは安心したように穏やかに微笑み、また眠りについた。ヒトカゲの前にやってきたソウジは、ヒトカゲの額に手を当てた。

「だいぶ落ち着いてきたな」

「ソウジのおかげだ。ありがとう」

「ポケモンセンターのジョーイさんみたいだった」

サトシとマコトがお礼を言うと、ソウジはルカリオの隣に戻った。

「ポケモン博士を目指すなら、医学の知識も必要だからね」

サトシは、へぇ～と声を上げた。だから薬草などを使ってあんなに手際よく薬を作ることができたのだ。

「ポケモン博士って、ケガをしたポケモンを保護したり、ポケモンの生態を研究するんでしょ？」

マコトの言葉に、ソウジは「ああ」とうなずいた。

「今はいろんなエリアを訪ねて『人とポケモンの伝説』を集めている」

「じゃあエンテイに会えてよかったじゃない」

「ああ、貴重な体験をさせてもらったよ。――あ、そうだ。マコトはどうしてこの地方に？　出身地からはかなり遠いよね」

ソウジがたずねると、マコトはハハッと笑った。

「まあ、いろいろね。――ねえ、サトシは何を目指してるの？」

とサトシに話題を振る。

「オレ？　オレは世界一のポケモンマスターだ！」

「何それ？　世界一のトレーナーってこと？」

「もっと上だよ、もっと上！」

と上を見るサトシに、マコトはきょとんとした。子どもっぽいサトシを見て、ソウジがハハハと笑う。

そのとき、ヒュ〜ッと冷たい風が吹き込んできた。

「うう、さぶ……」

と震えるマコトのそばで、サトシが「ヘクション！」とくしゃみをした。

「大丈夫？」

「ああ、これぐらいへっちゃらさ」

と言いつつ、立て続けに「ハ〜クション！」とくしゃみをする。

「ぜんぜん大丈夫じゃないじゃん」

「うう……」

サトシがブルブル震えていると、ポッチャマと追いかけっこをしていたピカチュウがやってきて、腕にすり寄った。

「あっためてくれるのか？」

「ピッカチュウ」

すると、ポッチャマもマコトにピッタリとくっついてきた。

「ポチャ」

「ポッチャマ……」

ポケモンと寄り添う二人を見て、ソウジは腰のベルトからモンスターボールを取り出した。

「忠告しておく。モンスターボールに入れたまえ。ポケモンたちだけでも寒さをしのげる」

そう言って、ルカリオをモンスターボールに入れる。

「そうね、ポッチャマ」

マコトもポッチャマをモンスターボールに入れた。サトシもピカチュウのモンスターボールを取り出す。

「オレもそうしてやりたいけど……オレのピカチュウはモンスターボールに入るのが嫌いなんだ」

サトシがモンスターボールを向けると、ピカチュウは「ピカピカ」と首を横に振った。

「え？　なんで？」

「オレにもわからない……出会ったときからこうなんだ」

すると、マコトとソウジが持っていたモンスターボールがパカッと開き、ポッチャマとルカリオが出てきた。

「ダメよ、風邪引いちゃう！」

「戻りたまえ！」

二人がモンスターボールを向けるが、ポッチャマはマコトに抱きつき、ルカリオは首を横に振った。

「ルカリオ……」

「ポッチャマ……」

みんなそれぞれ、自分のトレーナーと一緒にいたいのだ。

「ピカチュウ」

ピカチュウもサトシに身を寄せた。マコトもポッチャマを抱きしめる。

「でも……すごくあったかい……」

「ああ……」

ソウジもルカリオに寄り添い、目を閉じた。

外はまだ激しい雨と風が吹き荒れていて、洞窟の奥の天井に開いた穴から雨が吹き込んでくる。

　焚き火の火が弱くなってきて、サトシたちはそれぞれのポケモンと身を寄せ合いながら寒さに耐えた。

　するとそのとき、入り口の方からドサッ、ドサッと足音がした。

　気づいたサトシたちが入り口を見ると——体から蒸気を上げたエンテイが歩いていた。

　その後ろには雨に濡れて凍えるカラカラ、パラス、サンド、ニドランなどの野生のポケモンがいる。

　エンテイはサトシたちを一瞥して、洞窟の奥へと進んでいった。そして平たい岩の上に横たわると、後をついていたポケモンたちもエンテイに寄り添うように寝そべった。

「自然の脅威の前では、人間もポケモンも同じだな……」

　ソウジの言葉に、サトシとマコトはうなずいた。

「エンテイはホウオウに命を与えられたという伝説がある」

「ホウオウ？」

　サトシが聞くとソウジはうなずき、集めた『人とポケモンの伝説』の一つを話し始めた。

「百五十年前、ホウオウが人間と接触を持っていたカネの塔が、落雷で火事になり焼け落ち、突然の大雨で鎮火した。その火事で名もなき三体のポケモンが死んでしまった……そこへホウオウが降臨し、命を与え、復活させた。三体は塔に落ちた雷、塔を焼いた炎、塔を鎮火させた雨、その化身だと言われている。ライコウ、エンテイ、スイクンだ」

ソウジは話しながらタブレットを操作して、三体の画像をサトシたちに見せた。

「へ〜！」

「私、スイクン大好き！」

「そしてこれが……ポケモンの生命を司ると言われているホウオウだ」

タブレットに表示されたホウオウの画像を見て、サトシは「あっ！」と声を上げた。

七色に輝く大きな翼と長い尾羽を持つ、大きなポケモン――旅立ちの日にサトシたちの頭上を飛んでいったポケモンだ！

「知ってるの？」

「旅立ちの日に見たんだ」

「本当か!?」

「ああ」

サトシは答えると、ロープに干してあった上着の内ポケットから羽根を取り出した。

「そのときにこれが落ちてきたんだ」

「虹色の羽根……!!」

ソウジは目を丸くした。

そのとき、近くの岩の上で眠っていたエンテイが目を開けた。虹色の羽根をじっと見ている。すると、背後の岩肌に映っていたエンテイの影に二つの赤い瞳が出現した。影の一部が伸びて頭のような形になったかと思うと、それがエンテイの影の中を移動して、ひっそりと真っ黒な上半身を現した。

「虹色の羽根……？」

マコトは不思議そうにサトシが持つ羽根を見た。

「ホウオウは滅多に人前に現れないが、ごくまれに気に入った人間に虹色の羽根を渡すらしい」

ソウジの説明に、サトシは「へぇ～」と手に持った虹色の羽根を見た。

「じゃあオレ、ホウオウに気に入られたんだ」

「でも、なんのために？」

マコトがたずねると、ソウジは「こんな伝説がある」と話し出した。

「〝虹色の羽根に導かれ、ホウオウに会う者が、虹の勇者となる〟」

「虹の勇者？」

それはマコトもサトシも初めて聞く言葉だった。

「よくわかんないけど、すごそうだな」

「って、自分のことじゃない」

とマコトが突っ込む。

「そっか……アハハ」

サトシが嬉しそうに声を上げると、

「ピカピカ！」

ボクも虹の勇者！　と言うように、ピカチュウも喜んだ。

すると、マコトのそばにいたポッチャマが「ポチャア〜」と大あくびをした。眠そうなポッチャマを見て、マコトは洞窟の中が暖かくなっているのに気づいた。

「何かあったかくなってない？」

「エンテイだよ。マグマよりも熱い情熱の炎を持っているからね」

ソウジに言われて、サトシは近くの岩の上で横になっているエンテイを見た。エンテイの周りにいるポケモンたちはあったかそうに眠っている。

サトシの腕の中にいるヒトカゲも、気持ちよさそうに眠っていた。

寒さに震えていたサトシたちも暖かくなってきて、いつしかみんな眠りについた。


どれくらい経っただろうか。

みんなが寝静まり、焚き火が消えかかろうとしたとき——岩にもたれて眠っていたサトシの影から二つの赤い瞳が現れた。そして真っ黒な頭をヒョコリと出してサトシに近づいた。それは、エンテイの影から上半身を出したポケモンだった。頭の両側が渦を巻き、頭頂部が流れる雲のように突き出した形をしたそのポケモンは、燃えるような赤い瞳でサトシの顔をのぞき込んだ。

「んん……」

サトシが顔をしかめると、ポケモンは慌てて引っ込み、サトシの影の中へ消えていった。

朝が来た。穴が開いた天井から朝日が差し込み、ピカチュウが目を覚ました。

「ピカチュウ！」

朝だよ、とサトシを起こす。マコトやソウジも目を覚ました。

「ピカァ」

ピカチュウに促されて、サトシとソウジはそばの岩を見た。

「エンテイたちが……」

「ああ」

岩の上で寝ていたエンテイたちの姿はもうなかった。サトシたちが起きる前に出ていったのだ。

「カゲ……」

サトシの腕の中で眠っていたヒトカゲも目を覚ました。

「おっ、ヒトカゲ。具合はどうだ？」

サトシが声をかけると、ヒトカゲはムクリと起き上がった。

「カゲ、カゲカゲ！」

元気になったよ、とうなずくヒトカゲに、ポッチャマやピカチュウが集まってきた。

「ピカピカ！」

「ポチャヤポチャ！」

よかったね、と喜んでいると、ソウジが近づいてきた。

「ヒトカゲ、尻尾を見せてごらん」

ヒトカゲはクルリと向きを変えて尻尾を見せた。今にも消えてしまいそうだった炎が大きくなって、しっかりと燃えている。

「うん。尻尾の炎も勢いがあるね。もう大丈夫だ」

「よかったな、ヒトカゲ」

「カゲ〜！」

すっかり元気になったヒトカゲの前に、サトシはしゃがみ込んだ。

「なあ、一緒に来ないか？　オレと友だちになってくれよ」

「ピカピカ！」

ピカチュウも、一緒に行こうよ！　と誘う。

ヒトカゲの頭にクロスのことがよぎった。

ずっと迎えに来るのを待っていたが……クロスは弱い自分を必要としていなかった。捨てられたのだ。

振り返ることなくルガルガンと立ち去るクロスの後ろ姿を思い出して、ヒトカゲは胸が痛んだ。

「……な？」

サトシがヒトカゲをのぞき込んでニコッと笑いかけた。その顔を見て、ヒトカゲは決意した。自分をかばってくれて、一晩看病してくれたサトシについていこうと——。

「カゲ！」

ヒトカゲは真剣な表情でうなずいた。

「いいのか？」

「カゲ！」

今度はニッコリ笑ってうなずくと、サトシの顔がぱっとほころんだ。そして腰のベルトからモンスターボールを取り出すと、

「いくぞ」

スイッチを押して大きくなったモンスターボールをヒトカゲの額に近づけた。パカッと開いたモンスターボールにヒトカゲが吸い込まれていく。

「ヒトカゲ、ゲットだぜ！」

「ピッピカチュウ！」

サトシとピカチュウは飛び跳ねて喜んだ。

こうして、ヒトカゲが新たな仲間に加わった。

洞窟の外に出ると、すっかり雨は上がっていて、葉っぱに残った雫が朝日に照らされてキラキラと輝いていた。

「ピカ！」

「ポチャ！」

追いかけっこをしながらまっ先に出てきたピカチュウとポッチャマが立ち止まって、空を指差した。すると雲が流れる青空に大きな虹がかかっていた。

「虹だ！」

「キレイ」

「ああ……」

サトシたちは森の上にかかった大きな虹を見つめた。色鮮やかに浮かび上がった虹は完璧なアーチを描いている。

「ホウオウは虹のふもとに棲むと言われている」

ソウジがぽつりとつぶやいた。

「虹のふもと？」

マコトがたずねると、ソウジは虹を見たまま言った。

「虹に実体はなく、追い求めれば遠ざかり、触れようとすれば消えてしまう。まるでホウオウそのものみたいだ」

サトシは虹のふもとに目を向けた。虹が消える前にあそこにたどり着いたら、ホウオウに出会えるんだろうか——。

そのとき、サトシの胸元が光った。上着の内ポケットに手を入れると、虹色の羽根が光っていた。サトシは虹色の羽根を虹のふもとの方角に向けた。すると、さらに輝きを増して強く光り、サトシの背後に濃い影を作った。

「これは……伝説にあった〝虹色の羽根の導き〟か……」

ソウジがつぶやくと、サトシの影から赤い瞳を持つポケモンがひっそりと顔を出した。

「あっちに何があるんだ？」

サトシの問いに、ソウジはタブレットを出してマップを表示した。

「険しい山々が連なるライゼン山脈だ」

マップを見ていたサトシは、あらためて正面を向いた。虹色の羽根はなおも煌々と輝いていて、サトシはワクワクと胸が躍った。この羽根をたよりにあそこへ行けば、きっとホウオウに会えるはず――。

「決めた！　ホウオウに会ってバトルするぜ！」

サトシが羽根を持った手で虹を指すと、羽根がさらに強く光り、一筋の光が放たれた。

虹のふもとにまっすぐと伸びていく。

「!!」

みんなが驚いて光を見ている中、サトシの影から顔を出していたポケモンは、影の中へ消えていった。

虹のふもとに伸びた光はすぐに消え、虹色の羽根の光も最初の強さに戻った。

「私もホウオウに会ってみたい！」

「ボクもだ。そして伝説にある虹の勇者とは何か、この目で確かめたい」

「よーし！　みんなでホウオウに会いに出発だー!!」

サトシが虹色の羽根を大きく空に突き上げると、

「ポチャポチャー！」「ピカピカチュー！」

ポッチャマとピカチュウも拳を突き上げた。

近くの岩陰に隠れていたロケット団の三人は、サトシたちをうかがっていた。ホウオウの話を聞くと、

「いいこと聞いちゃった〜！」

声をひそめたムサシがニヤリと笑う。

「エンテイには会えなかったが」

「ホウオウゲットでいいカンジ！」

4

嵐が去った空は抜けるように青く、サトシたちはライゼン山脈を目指して歩いた。

草原、森、高原と何日もかけてひたすら進み、夜はみんなで野宿した。

旅の途中で滝を見つけたときは、サトシとマコトが水着に着替えて飛び込んだ。ピカチュウとポッチャマも水遊びを楽しみ、ソウジは近くの木陰でタブレットを使って読書をした。そのそばにルカリオがたたずむ。

またある日、森の中を歩いていたサトシはカイロスを見つけた。

「行くぜ！　むしタイプには、むしタイプだ！　キャタピー、キミにきめた！」

「キャタピー！」

勢いよく投げたモンスターボールからキャタピーが飛び出すと、カイロスはハサミのような巨大な角をガシガシと動かして、突進してきた。

「キャタピー、《いとをはく》！」

カイロスのハサミをジャンプしてかわしたキャタピーは、口から大量の糸を吐いた。カイロスの体に糸を巻きつけ、着地すると同時に糸を引っ張ってカイロスを放り投げる。

「いいぞ！　——ん？」

小さくガッツポーズをしたサトシは、キャタピーの体が光っているのに気づいた。

「進化だ！」

ソウジが叫ぶ。すると、キャタピーはサナギのような形に変化した。

「トランセルになったぞ！」

サトシは駆け出して、倒れたトランセルを抱き上げた。マコトは投げ飛ばされたカイロスが糸を払いながら逃げていくのを見た。

「カイロス、行っちゃったよ」

「いいんだ。それよりもおめでとう、トランセル！」

「ランセル！」

「ピカピカチュウ！」

トランセルに頬をくっつけて喜ぶサトシのそばで、ピカチュウも嬉しそうに飛び跳ねた。

旅を始めて数日後。湖畔で野宿をしていたマコトは、夜明け前に目が覚めてしまった。周囲はまだ薄暗く、湖にはもやが立ち込めている。

マコトはみんなを起こさないように寝袋からそっと抜け出し、湖のすぐそばで腰を下ろした。退屈しのぎに持っていたタブレットで写真を見る。

最近のはサトシたちと一緒に撮った写真ばかりだ。マコトは画面をスワイプして次々と写真を見ていった。

ピカチュウ、ヒトカゲ、キャタピーをかついでいるサトシの写真。一枚目は得意げな顔をして写っているが、二枚目では重みに耐え切れずに腰を曲げ、三枚目では地面に倒れてしまっている。

マコトはクスクス笑いながら、画面をスワイプした。

今度は野外で自炊したときの写真だ。料理上手なソウジが作ったごはんは見た目も味も抜群で、マコトはしょっちゅう写真に収めていた。ポケモンたちがおいしそうにポケモンフーズを食べている写真もある。

再び画面をスワイプしたマコトは、昔の写真が出てきて手を止めた。

マコトの家のリビングで、母がポッチャマにお菓子をあげている写真だ。ポッチャマのそばではエンペルトが見守っている。

マコトは髪でほとんど隠れている母の横顔をじっと見つめた。写真を見るマコトの瞳に涙がにじみ、寂しげな笑みを浮かべる。

そのとき、穏やかな湖の水面に波紋が生まれ、マコトの足元まで広がった。ハッとして顔を上げると——白くけぶる反対側の湖畔に何かがいた。それは水色のしなやかな肢体を持つポケモンだった。

六角形状の大きな角の後ろから伸びた紫色のたてがみと、白いリボン状の二本の尾をなびかせながら、マコトの方を見ている。

あれは……あのポケモンは——その美しく神秘的な姿にマコトは言葉を失い、ただただじっと見つめるだけだった。

「えっ！　スイクン!?」

マコトが森の中を歩きながら今朝見たことを話すと、サトシは目を丸くした。

「うん、見ちゃったんだ」

「なんで起こしてくれなかったんだよ！」

「目が合った瞬間、時間が止まったみたいになって……声なんか出せなかった……」

マコトは答えながら、今朝見た光景を頭に浮かべた。

朝もやにけぶる湖畔でスイクンと見つめ合ったとき、この素敵な時間がいつまでも続いてほしいと思ったのだ。

「ちぇっ、いいな～」

「エンテイに続いてスイクンに会えるなんて、かなりの幸運だよ」

「そうだよね」

マコトはうらやましがるサトシとソウジをチラリと振り返り、また前を向いた。

「ママも喜んでくれるかな……」

「……？」

後ろを歩いていたサトシとソウジがきょとんとすると、マコトはまた振り返った。

「私のママ、地元では有名なトレーナーでさ。ああしろ、こうしろってうるさいから、旅に出てから一度も連絡を取ってないの」

そう言うと、また前を向いた。

だからか——とサトシは思った。サトシが母親に電話していたことをやたらからかってきたのは、そういう事情があったからなのだ。

「お母さんはきっと喜んでくれるよ」

「ああ、決まってるさ」

ソウジとサトシが励ますと、マコトは前を向いたまま「……うん」とうなずいた。


やがてサトシたちは港町に着いた。

海に面した芝生の広場ではポケモンバトルが行われていて、サトシも飛び入り参加した。

対戦相手は女の子のトレーナーで、〈ふうせんポケモン〉のプリンを出してきた。

「プリン、《おうふくビンタ》！」

「プリップリ——ッ！」

頬を膨らませたプリンが大きくジャンプしてヒトカゲに迫る。

「ヒトカゲ！　かわして《かえんほうしゃ》だ！」

「カゲッ！」

ヒトカゲはプリンの手をかわしてジャンプすると、口から強力な炎を噴き出した。爆発が起こり、煙の中から目を回したプリンが出てきて、コロンと倒れた。

「プリン戦闘不能！　サトシの勝ち！」

審判役のマコトがサトシ側の手を上げる。

「いいぞ、ヒトカゲ！」

「ピカピッカ！」

勝利したヒトカゲは「カゲカゲ〜！」と嬉しそうにサトシたちに駆け寄ってきた。すると突然、ヒトカゲの体が光り出した。

「あ……！」

光に包まれたヒトカゲの体が大きくなった。伸びた腕に鋭い爪が生え、頭に角が現れる。

「ザードッ！」

光から飛び出したのは、リザードだった。嬉しそうにサトシに飛びつき、その勢いでサトシが地面に倒れる。

「リザードに進化した！　やったな！」

「ザードッ！」

マコトとソウジは抱き合って喜び合うふたりを微笑ましく見守った。

夜になり、サトシたちは郊外のポケモンセンターに来ていた。サトシがハナコにテレビ電話をすると、マコトとソウジが両側から割り込んできた。

「はじめまして、マコトです」

「ポッチャマ」

「ソウジです」

「ルカ」

テレビ画面に映ったハナコは、あらまあと顔をほころばせた。

「いつもサトシが迷惑かけてるでしょ？　ゴメンね。慌てん坊だけど根はいい子だから、こりずに仲良くしてあげてね」

「ママ、そういうのやめてよ……」

サトシが恥ずかしそうにうつむくと、マコトとソウジは笑った。

ソウジはポケモンセンターの二階にある資料室に向かった。夜だからなのか誰もおらず、ソウジはずらりと並んだ本棚から表紙にホウオウが描かれた古い本を取った。そして閲覧コーナーの机に向かい、『ホウオウこそ我が人生』というタイトルがつけられた本を開く。

しばらく読みふけっていると、サトシとマコトがやってきた。

「ソウジ。何かわかったか？」

「ああ。すごいよ、この本。よく調べてある。聞きたまえ」

ソウジは開いていたページをサトシたちに見せながら、本文を読み上げた。

「『ホウオウは、空の高みから人とポケモンの営みが発する〝幸せの波導〟を感じ取り、そこからエネルギーを得る』」

開いたページには、ホウオウが白い波導からエネルギーを得て輝きながら飛んでいく挿し絵があった。

「『逆に〝邪悪な波導〟には力を奪われてしまう』……」

ソウジがページをめくると、黒い波導に力を奪われたホウオウが真っ逆さまに落ちていく挿し絵があり、さらに次のページにはホウオウと人の間に灰色の羽根が描かれていた。

「それは？」

マコトがたずねる。

「『虹色の羽根、悪しき心に触れるとき、色を失う』……」

ソウジが読み上げると、マコトとサトシは顔をしかめた。

「悪しき心？」

「色を失う？」

サトシは上着の内ポケットからホウオウの羽根を取り出した。今もなお虹色の光を放っている。

「オレのは大丈夫だ」

「ま、サトシは単純で慌てん坊だけど、悪しき心は持ってないもんね」

マコトに言われて、サトシは「ああ！」と得意げに張った胸を叩いた。

「単純で慌てん坊なら負けないぜ！　……ん？」

そこでようやくバカにされていることにサトシは気づいた。

「こら～っ！」

と怒るサトシに、マコトとソウジが吹き出す。

笑い声が響く資料室の通路に何者かが立っていた。それは、クロスとルガルガンだった。

彼らはサトシたちの会話をこっそり聞くと、静かに立ち去っていった。

翌朝。

ポケモンセンターに宿泊したサトシは、隣に併設されたバトルフィールドでポケモンバトルに挑戦した。

対戦相手の男の子のトレーナーは、〈いねむりポケモン〉のカビゴンを出してきた。

サトシのピカチュウが《アイアンテール》で追撃しようとすると、

「カビ！」

カビゴンは大きくジャンプしてかわした。空振りしたピカチュウが体を起こして空を見上げる。すると、上空にカビゴンの姿があった。

「カビ〜〜〜〜!!」

四百六十キロの巨体がピカチュウ目がけて急降下する。《のしかかり》だ。

「ピカチュウ、《アイアンテール》！」

「ピカ！」

構えたピカチュウは《アイアンテール》を発動した。鋼色になった尻尾がギラリと光る。

ドオオオォォン!!

落ちてきたカビゴンの巨体がピカチュウに激突して、土煙を上げた。

バトルフィールドのそばにある岩の上で見ていたマコトたちは、息をのんだ。すると、うつぶせになったカビゴンの下から光が放たれた。

「ピカッ!!」

カビゴンの体がバアアンッと空高く打ち上げられたかと思うと、

「ピカチュ————!!」

下敷きになっていたピカチュウが《10まんボルト》を放った。強烈な電撃がカビゴンに命中して爆発が起こり、落下したカビゴンは目を回していた。

「カビゴン、戦闘不能！　サトシ君の勝ち!!」

審判員がサトシ側に旗を上げた。

「ピッカ！」

「よっしゃあ！」

サトシに駆け寄ったピカチュウはジャンプして、尻尾でハイタッチした。

「では勝ち残ったサトシ君の次の対戦相手は——!?」

審判員が挑戦者を募った。

「ポッチャマ、行くわよ！」

「ポッチャー！」

マコトがポッチャマを連れて岩を飛び降りると、

「オレだ!!」

人垣の後ろから一際大きな声がした。観客たちが道を開け、そこからゆっくりと現れたのはクロスとルガルガンだった。

「クロス……！」

マコトのつぶやきに、ソウジが目を見張る。

「じゃあ、アイツがヒトカゲを……！」


バトルフィールドに出てきたクロスは、サトシと対峙した。

「お前、あの使えないヒトカゲをゲットしたんだって？」

「使えないポケモンなんているもんか！　出てこい、リザード!!」

サトシは勢いよくモンスターボールを投げた。

「ザードッ！」

モンスターボールから飛び出したリザードは雄叫びを上げ、対戦トレーナーを見てハッとした。

クロスも出てきたリザードを見て、意外そうな顔をする。

「進化したのか……だが進化したところで、弱いヤツは弱いままだ」

「そんなことはない！　トレーナーと一緒に頑張れば強くなれる！」

サトシの言葉に、クロスはフッとあざ笑った。

「甘いな。強くて勝てるポケモン以外どうでもいい」

サトシはギリリと奥歯を噛み締めた。

クロスの考え方は自分と真逆だ。強いポケモンだけを求め、弱いポケモンは平気で捨てる。ポケモンをバトルする道具としか見ていないのだ。

そんなヤツ、オレは絶対認めない――……!!

「お前に本当のトレーナーの強さを見せてやる！」

「フン。出てこい！　オレの最強のほのおタイプ・ガオガエン！　To　arms!!」

クロスが勢いよく投げたモンスターボールから飛び出したガオガエンは、

「ガオ―――ッ!!」

すさまじい咆哮を上げた。

「かかってこい」

ポケットに手を突っ込んだクロスが、サトシを挑発する。

「リザード、《かえんほうしゃ》！」

「ザードッ！」

リザードは大きく開いた口から《かえんほうしゃ》を発射した。すさまじい炎がガオガエンに直撃して、爆発が起こった。

「どうだ！」

手ごたえを感じたサトシが拳を握る。薄れた爆煙から現れたガオガエンは、倒れずにこらえていた。

「《きりさく》だ！」

勢いよく飛び出したリザードは大きくジャンプし、《きりさく》を発動した。その長く頑強な右腕を振りかぶり、鋭い爪を振り下ろす——！

「ガオ!!」

ガオガエンは頭上で両腕をクロスして《きりさく》を防いだ。衝突した衝撃でズサアアッと後ずさる。

「《りゅうのいかり》！」

サトシは畳み掛けるように指示を出した。

リザードが放ったすさまじい衝撃波がガオガエンに直撃し、爆発が起きる。またも攻撃をまともに食らったガオガエンは、ふらつきながらも起き上がった。

「ザード！」

どうだ！　とリザードが身構える。

「いいぞ、リザード！」

「ピッカ！」

立て続けに攻めるサトシたちは勢いに乗っていた。観客の誰もが一方的に攻撃するサトシたちが優勢だと思っている。しかし、

「……変だな」

ソウジは違和感を覚えた。ガオガエンが一方的に攻撃されても、クロスは平然としているのだ。口元に笑みすら浮かべている。

「行っけえ、リザード！　《ちきゅうなげ》だ!!」

リザードはグッとためて突進した。ガオガエンの足元に飛び込んで左脚をつかむと、持

ち上げたまま空高くジャンプした。空中でガオガエンを高速で振り回し、地面に叩きつける――！

ズガガガーッと豪快に地面を削りながら後退したガオガエンは、クロスの前で止まって身構えた。

「そろそろだ、ガオガエン」

「ガオ……」

ダメージで息を荒くしたガオガエンが顔を上げた。力強い目でリザードをにらむ。

「リザード！《かえんほうしゃ》!!」

「こっちも《かえんほうしゃ》だ!!」

クロスが初めて指示を出した。

ガオガエンがへその辺りからすさまじい炎を噴き出し、フィールドの中央で二つの《かえんほうしゃ》が激突した。互角かと思いきや、少しずつガオガエンの《かえんほうしゃ》が押していき、ついにリザードが吹っ飛んだ。

「リザード！」

「ピカチュ――！」

倒れたリザードがゆっくりと体を起こす。

ガオガエンの《かえんほうしゃ》の威力を目の当たりにしたソウジは「そうか！」と納得したようにうなずいた。

「え？」

マコトとポッチャマが驚いてソウジを見る。

「あのガオガエンはダメージを受けるとパワーが増幅する」

「それじゃあ……」

「あえてわざを浴びていたんだ」

マコトはバトルフィールドに目を向けた。何度もわざを浴びたはずなのに、ガオガエンは悠々と身構えている。それに対し、《かえんほうしゃ》を一度浴びただけのリザードは、まだ立ち上がれずにいる。

リザードはそれでもなんとか立ち上がると、よろよろと身構えた。

「リザード、《かえんほうしゃ》！」

リザードは息を吸い込んで炎を吐こうとした。が、吐く炎をコントロールできずに咳き込んでしまった。

その様子を見たソウジは「飛ばしすぎだ」と言った。

「進化したパワーについていけないんだ。ここは力まかせにいってはいけない！」

しかし、サトシは知る由もなかった。

「《ほのおのキバ》!!」

ガオガエンは四つんばいになって走り出した。大きく口を開け、炎をまとった牙でリザードに襲いかかる――！

「《じごくづき》!!」

さらにガオガエンは吹っ飛んだリザードの喉に強力な突きを食らわせてぶん投げた。フィールドの端に叩きつけられたリザードは、それでもなんとか起き上がり、よろよろと中央へ戻っていく。

クロスはニヤリと笑った。

「終わらせるぞ。《クロスチョップ》!!」

ガオガエンがリザードに向かって飛び出した。

「負けるわけにはいかない！　《かえんほうしゃ》だ!!」

なおもリザードに指示するサトシに、

「ダメだ、サトシ！」

ソウジは叫んだ。

突進してくるガオガエンに、リザードは《かえんほうしゃ》を放とうと大きく息を吸い込んだ。けれどもまた咳き込んでしまう。

「!!」

サトシは愕然とした。そして、かわせ！　と思ったときはもう遅かった。

大きくジャンプしたガオガエンは両腕で強烈なチョップをリザードに叩き込んだ。

ドオオォン！

場外に吹っ飛ばされたリザードは石垣に叩きつけられ、芝生の上に倒れ込んだ。

「リザード……!!」

サトシは慌てて駆け寄った。倒れたリザードは顔を上げようとしたが、ガクリとうなだれた。

「リザード、戦闘不能！　ガオガエンの勝ち!!」

審判員がクロス側の旗を上げる。

「リザード……」

サトシは気を失っているリザードを見つめた。

「甘いんだよ」

その声に振り返ると、すぐそばに来ていたクロスがサトシを見下ろしていた。

「安い友情を押し付け、ダメな指示でポケモンに敗北の屈辱を味わわせた……お前は最低のトレーナー、いや、トレーナー失格だ！」

クッ……と歯噛みするサトシの横で、ピカチュウが毛を逆立ててうなる。

クロスはニヤリと笑うと、バトルフィールドに戻りながらガオガエンをモンスターボールに戻した。そしてルガルガンと共に歩いていく。

サトシは悔しげにクロスを見送ると、モンスターボールを取り出してリザードを戻した。

「お預かりしたポケモンは元気になりましたよ」

夕方になり、ポケモンセンターのジョーイはモンスターボールとリザードをサトシに引き渡した。

「ありがとうございます……」

沈んだ声で受け取るサトシを見て、マコトは「元気出しなさいよ」と声をかけた。しかし、サトシは無言のままポケモンセンターを出ていく。

「ピカピ」

ピカチュウたちが追いかけていくと、サトシは併設されたバトルフィールドの前で立ち止まった。西に傾いた太陽が、サトシたちの影を地面に長く落とす。

「あいつは……トレーナーとして間違ってる。だからオレが負けるわけない……なのに……！」

背を向けるサトシに、ソウジは「しかし……」と口を開いた。

「彼なりの信念も否定できない。現に、彼とガオガエンは強くなるという信念で結ばれていた」

「だけど、あんなヤツが勝つのはおかしいよ！」

サトシは納得できなかった。あんなヤツに自分が負けたなんて、今でも信じられない。

「まずは負けたことを素直に認めたまえ」

「負けて悔しいって思うから、次は勝ちたい、頑張ろうって思えるんじゃない」

ソウジとマコトの言葉は正しかった。

「そんなのわかってるよ……でも……」

それでも、サトシは自分が負けたことを認めたくなかった。あんなヤツに負けるはずがない。負けるはずがないんだ——……！

「……ピカチュウなら勝てたんだ」

気づいたらサトシはつぶやいていた。

「そんなこと言ったらリザードがかわいそうでしょ！」

「ピカ⁉」

マコトとピカチュウの声に、サトシはハッと我に返った。

ピカチュウなら勝てただなんて、どうして思ってしまったんだろう。一瞬でも思ってしまった自分がどうしようもなく情けない——。

拳を握りしめるサトシの影の中に、二つの赤い瞳が光った。

「勝つことだけにこだわるなら、君もクロスと同じだ！」

ソウジの言葉が胸にグサリと刺さり、サトシは駆け出した。

「ピカピ！」

「サトシ！」

「待ちたまえ！」

サトシは振り返らずにバトルフィールドの先にある階段を上り、薄暗くなった森の中へ入っていった——。

5

サトシはうっそうと生い茂る森の中を歩いていた。足元には追いかけてきたピカチュウがいて、厚い葉の枝が幾重にも重なる隙間からのぞく青白い満月が、地面に木々の影を落とす。

「なんだよアイツら、偉そうに」

サトシは斜面を上りながらブツブツ言った。自分が情けなくなって飛び出したサトシだったが、森の中を歩いていくうちに、自分を責めたマコトやソウジに腹が立ってきたのだ。

「ピカチュウだってそう思うだろ？」

斜面を上りきったサトシが振り返ると、ピカチュウは立ち止まって首を横に振った。

「オレが悪いっていうのか？」

「ピカ〜」

そうだよ、とうなずく。

「なんだよ、ピカチュウまで」

むくれたサトシはズカズカと歩いていった。

本当は自分でもわかっていた。正しいのはソウジやマコトで、自分が悪いってこと。でもサトシにだって意地がある。

どうしてピカチュウもわかってくれないんだよ……！

サトシはふてくされて、地面に映る大きな影の中で立ち止まった。

「……最初のポケモンが、ゼニガメかフシギダネだったらな……」

「ピ……!?」

しまった、言いすぎた——サトシはすぐに後悔して、ギュッと拳を握りしめた。すると、地面に映る影の中からまた二つの赤い瞳が現れ、うつむくサトシをじっとのぞき込む。

ピカチュウをチラリと見たサトシは、またズカズカと歩き出した。ピカチュウは立ち止まったまま、追いかけてこない。

サトシは意地を張って歩き続けた。木々の間をどんどん上っていく。

上りきったところで、サトシは振り返った。

しかし、ピカチュウの姿はなかった。

「ピカチュウ……！」

サトシは慌ててさっきいた場所まで走って戻った。辺りを必死に見回すが、どこにもいない。

「……ピカチュウ……」

うなだれたサトシは、近くの木に歩み寄り、幹にもたれた。そして上着の内ポケットに手を入れて、虹色の羽根を取り出す。

「オレはホウオウに選ばれたトレーナーなんだ。ピカチュウなんかいなくたって……全然平気なんだ……！」

強気な言葉とは裏腹に、サトシはずり落ちるようにしてペタリと木の根元に座り込んだ。

地面についた虹色の羽根の光が、強くなったり弱くなったりしている。

するとそのとき、月の明かりでできたサトシの影から、二つの赤い瞳が現れた。その瞳がぼおっと光ると、サトシは眠気に襲われた。

こくりと眠りに落ちていくサトシの手から、虹色の羽根が落ちた。明滅していた光が消えて灰色になったかと思うと、わずかな黒いオーラが立ち昇っている――。

×　×　×

「サトシ、いつまで寝てるの？　学校遅れちゃうでしょ！」

ハナコの声がして、ベッドで眠っていたサトシは、ん〜……と眠そうな目を開けた。

そこは、サトシの部屋だった。壁には大好きな赤、青、緑の車のポスターが貼ってある。

「……学校……？」

朝日の差し込む窓をボーッと見る。

「あ――――!!」

すっかり昇った太陽を見て、寝坊したことに気づいた。慌てて起き上がり、ベッドのはしごに手をかける。

「ママ、なんで起こしてくれなかっ……うわ〜っ！」

ハシゴを下りようとして頭から落ちてしまった。

「十歳になったら自分で起きるって言ったでしょ！」

ハナコに文句を言われながら、サトシは慌てて服を着替えた。そしてキャップを被って

リュックを背負うと、

「行ってきま〜〜〜す！」

玄関から飛び出して走っていった。

サトシが学校に駆け込むと、昇降口の脇にある花壇に男の人がじょうろで水をやっていた。

「オーキド先生！」

「おう、サトシ君」

「間に合い……ました……か？」

サトシが息を切らしながらたずねると、オーキドは水をやる手を止めた。

「今日、遅刻した生徒は四人。君がその最後の一人だ」

「はぁ……」

サトシはがっくりと肩を落とした。

「サトシ、遅かったじゃない」

教室で自分の席に着くなり、後ろの席のマコトが言ってきた。

「ちょっと寝坊しちゃって」

サトシが机にリュックを置き、帽子を脱いで答えると、

「宿題は？」

斜め前の席のソウジが訊いてきた。

「あ、忘れた」

「もう何やってんの」

口うるさいマコトにうんざりしながら、サトシはハァとため息をついてリュックに寄りかかった。すると、前の席の辺りに黄色い物体が見えた。ササッとサトシの机の下に潜り込む。

「!?」

驚いて机の下をのぞき込むと——何もいない。

「どうしたの？」

マコトが不思議そうにサトシを見る。

「いや……なんでもない」

「ヘンなの」

サトシは机の周りを見てみたが、黄色い物体はどこにもいなかった。

一体なんだったんだろう。一瞬でよく見えなかったが、小さな生き物だったような気がする——。


授業が始まった。

先生が教科書を読む中、窓際の席に座ったサトシはぼんやりと空を眺めた。すると、雲の向こうから何かが飛んでくるのが見えた。

「⁉」

サトシはよく見ようと身を乗り出した。

それは、大きな生き物のようだった。虹色の大きな翼をはためかせながら遥か上空を飛んでいる。

なんだあれ——サトシは目を瞬き、ブルブルと顔を横に振った。そしてもう一度よく見ようと目を凝らす。

すると、それは生き物ではなく飛行機だった。陽の光が反射して、虹色に輝いているように見えたのだ。

ちょっとガッカリしたサトシは、座り直して前を向いた。

放課後。サトシは校舎の屋上に上がり、金網越しに遠くを眺めていた。学校の周りには畑や森が広がり、送電鉄塔が連なる先にはビルが建ち並び、さらにその向こうには山が見える。

「いつまで見てんの」

その声に驚いて振り返ると、マコトとソウジが歩いてきた。二人はサトシの横に並んで立つ。

「こんな風景、見飽きたわ」

「何を考えてたんだ？」

二人に訊かれたサトシは「うん……」と少し困ったように微笑んだ。

「この先には、何があるのかなって……」

三人がそろって金網の向こうに広がる景色を見ると、ソウジが「そうだな……」と口を開いた。

「森があって、川があって、山があって、また次の町があるんだろうな」

「その先は？」

「また森と川があって……やがて海に出るかもな」

「その先は？」

さらにサトシがたずねると、ソウジは黙ってしまった。

「きっと同じことの繰り返しよ」

マコトが代わりに答える。

本当にそうなのかな――サトシは思った。ここからは見えないけれど、どれだけ進んでも同じ景色の繰り返しなんだろうか。

「……でもさ。行ってみないとわからないぜ」

サトシの言葉に、マコトとソウジは目を見張った。

「オレ……あの先に何があるのか見てみたい」

「旅か……」

ソウジがつぶやくと、マコトはフフッと笑った。

「楽しそうね。時間なんか気にしないで、自由に歩いて」

「知らない場所でいろいろなものに初めて出会って」

マコトに続いてソウジが言う。

「夜は星を見ながら、旅の仲間としゃべって……」

サトシはそう言いながら、旅に出ている自分を想像した。森を進み山を越え、知らない町にたどり着く。いろんな出会いや別れを繰り返しながら、また進んでいく。

家族の元を離れても寂しくなんかない。だって、オレにはアイツがいる――。

「……アイツがいれば、オレはどこにだって行けるんだ」

サトシがつぶやくと、ソウジとマコトは眉をひそめた。

「アイツ……？」

「アイツって……？」

「決まってるだろ。いつもオレのそばにいる――」

そこまで言って、サトシはハッとした。

――あれ？　いつもオレのそばにいる……って、誰のことだ？　オレのそばに誰かいたっけ……？

「ピカッ！」

そのとき、耳元で声がして、サトシは振り返った。すると、自分の肩に黄色い生き物が見えた。サトシの方を見てニコッと笑いかけている。

「!?」

しかしそれはすぐに消えてしまった。とたんにサトシの瞳からポロッと涙がこぼれ落ちる。

「サトシ、泣いてるの？」

「あれ？　いや、どうして……」

サトシは自分が泣いていることに驚いた。慌てて涙を拭く。

「もうしっかりしてよ」

「大丈夫か？　サトシ」

「う、うん……」

ゴシゴシと右腕で涙を拭ったサトシは、前を向き大きく息を吸って呼吸を整えた。そしてニッコリ笑って、マコトたちの方を向く。

「え……!?」

そこにマコトとソウジの姿はなかった。

「あれ……」

サトシは辺りを見回した。すると、

「ピッカ」

また声がした。

やや離れたところに、黄色い生き物がちょこんと座っていた。輪郭がぼやけてハッキリと見えないが、耳らしきものをピクピクと動かす。一瞬、ピントが合うかのようにその実体がハッキリ見えたかと思うと、黄色い生き物はクルリと後ろを向いて、奥へと駆け出した。

「あ……待ってくれ！」

サトシが追いかけると、屋上の床がどんどん伸びていき、黄色い生き物はどこまでも走り続けた。それでも懸命に後を追うと、周りはいつの間にか町中になっていた。両側に建物が並び、道がどこまでも続いている。サトシは黄色い生き物を追って走り続けた。前を走る黄色い生き物は、ぼやけた姿がときおりハッキリと見える。

ひたすら黄色い生き物を追って走っていると——ふいにサトシの記憶が呼び覚まされた。前にもこんなふうに、アイツと一緒に走っていたような気がする。

「そうだ……こうやって一緒に走ったんだ……なのに……なのに、お前のことが思い出せない……一番大切な友だちだったのに……」

そのとき、突然、前方の建物が崩れ出した。ブロック状に分解された建物や道路がガラガラと音を立てて崩落していく。

サトシたちの足元もブロック状に割れて崩れた。前を走っていた黄色い生き物がブロックの狭間に落ちていく。

「行くな――――っ！」

サトシはダイブして手を伸ばした。無数のブロックが次々と奈落の底へと落ちていく中、サトシも落下しながら黄色い生き物を追った。そしてついに追いついて、黄色い生き物を抱きしめる。

その瞬間――奈落の底から黄色い花びらがブワッと吹き出した。大量の花びらが舞って、サトシたちを包み込む。

「ピカ……ピカピ！」

抱きしめていた黄色い生き物がサトシを見て嬉しそうに笑った。

「……ピカチュウ！」

名前を思い出したと同時に、サトシは叫んだ。

そうだ、ピカチュウだ。オレのそばにいつもいてくれたのは、ピカチュウだ――！

どうしてすぐに思い出せなかったんだろう。いや、どうして忘れてしまったんだろう。

ピカチュウはオレのかけがえのない一番大切な友だちなのに――……！

突然、目の前に青空が広がったかと思うと、きれいな花畑が遥か下に見えた。

「うわあ～～～～!!」

ピカチュウを抱きしめたサトシは、花畑に向かって急速に落ちていった。このままではふたりとも花畑に激突してしまう。

どうしよう。どうすればいいんだ……！

考えをめぐらす時間もなく、目の前に花畑が迫った。

×　×　×

「わあっ！」

サトシは目を見開いた。全身汗びっしょりで、ハァハァ……と肩で息をする。

「ピカピ！」

声がして下を向くと——ピカチュウが立っていた。心配そうな顔でサトシをのぞき込んでいる。

「……ピカチュウ……」

そこは元いた森の中で、サトシは木の根元に座り込んでいた。周りには、ソウジやマコトもいる。

今のは夢だったんだ——そう思った瞬間、ホッとして涙がにじんだ。

「ピカチュウ！」

サトシはすばやく起き上がって、ピカチュウを抱き上げた。

「オレが悪かった。ごめんな。オレ……オレ……」

ピカチュウを強く抱きしめるサトシの影の中にいた二つの赤い瞳が、スッとその姿を引っ込めた。

サトシのそばには虹色の羽根が落ちていた。色を失っていた羽根にいつの間にか七色の光が戻り、サトシとピカチュウを見守っていたマコトが拾い上げた。

「サトシ、はい」

「あ……ありがとう」

ピカチュウを肩に乗せて起き上がったサトシは、虹色の羽根を受け取った。

「まったくもぉ、捜したのよ」

「ポチャ！」

マコトとポッチャマが腰に手を当てて言うと、

「ご、ごめん……」

サトシは申し訳なさそうに肩をすくめた。

「君は全てのバトルに勝つつもりかい？　負けたときこそ、トレーナーの真価が問われる。

——ボクはそう思う」

ソウジは険しい表情を見せて言うと、顔を上げてニコリと微笑んだ。

「うん……」

サトシはうなずいた。負けて意地になっていたときはソウジたちの言葉を聞き入れることができなかったけれど、今は心から深く反省する。

「リザード、ごめんな」

サトシは腰のベルトからリザードが入ったモンスターボールを取り出して、謝った。

森の中で野宿をすることになったサトシたちは、焚き火をおこしてみんなで囲んだ。

サトシは自分が見た夢を、マコトとソウジに話した。

「ポケモンがいたことさえ忘れてるなんて……夢でもそんなの絶対イヤ」

マコトが悲しそうに首を横に振ると、

「しかし……ポケモンを失うことはある」

焚き火の炎を調整していたソウジが、ルカリオの横に腰を下ろした。

「ボクの両親は仕事でいないことが多かったから、レントラーがずっと親代わり。どんなときも一緒にいてくれた。……でも、その日だけはボク一人で出かけちゃって……」

× × ×

ソウジが住む町は寒冷地で、冬になると雪がたくさん降った。

その日、家の中で本を読むのに飽きたソウジは、一人で裏山に出かけてスノーボードを楽しんだ。が、誤って木に激突して、気を失ってしまったのだ。

穏やかに降っていた雪がいつの間にか吹雪になり、倒れているソウジにどんどん雪が積もっていく。すると、

「レン〰〰ッ！」

レントラーの声がして、ソウジは目を覚ました。雪の斜面から飛び出してきたレントラーはまっしぐらにソウジの元に駆けつけると、ソウジを包み込むように寄り添った。

「……レントラー……」

レントラーの体温がじわじわと伝わり、芯から冷え切っていたソウジの体に温もりが広がっていく。

私が来たからもう大丈夫、と優しく見つめるレントラーに安心したソウジは、再び目を閉じた。

そして朝が来た。

ソウジが目を覚ますと吹雪はやんでいて、ソウジを抱いたレントラーの体は雪に埋もれていた。ソウジが体を起こしても、レントラーは目を閉じたまま動かない。

「レントラー……？」

ソウジはレントラーの体に触れた。すると、氷のように冷たい――。

「レントラー!!」

ソウジはレントラーの体を何度も揺すった。けれど、レントラーが起きることはなかった。やがて救急隊員が駆けつけ、レントラーにすがりついて泣くソウジを引き離した。

× × ×

「その後……ポケモンと仲良くなるのが怖くなってしまったんだけど……そんなボクを救ってくれたのがルカリオとの出会いだった……」

ソウジはそう言うと、隣に腰かけたルカリオを見た。

「ルカ……」

ソウジと見つめ合ったルカリオが嬉しそうに微笑む。

「そうか……」

話を聞き終えたサトシはピカチュウと顔を見合わせた。マコトもポッチャマの頭を優しくなでる。

そのとき——木の幹に映ったサトシの影の中で二つの赤い瞳が光ったかと思うと、スッと顔を出して笑みを浮かべた。

「ピ!?」

気配に気づいたピカチュウが声を上げ、サトシは振り返った。

「あっ!?」

「ピカッ！」

ピカチュウが飛びかかったが、それはサトシの影の中に沈んで消えてしまった。

「今のは……」

「ポケモン？」

サトシたちは一瞬見ることができた。影の中に消えた、赤い瞳を持つ黒い生き物。あれはポケモンなのか――？

「ピ〜カ〜チュウ〜〜〜!!」

ピカチュウは木に映るサトシの影に《10まんボルト》を放った。するとまわりの木々にもすさまじい電撃が伝わり、何かがボテボテボテ！　とたくさん落ちてきた。

「えっ!?」

それは〈ぶたざるポケモン〉のオコリザルだった。

「オコリザルだ！　一度怒ったら手がつけられないぞ！」

次々と落ちてきたオコリザルがあっという間にサトシたちを取り囲み、

「ウキキ〜！」

「ウッキキ〜！」

なぜか胴上げを始めた。サトシたちを投げ上げては、受け止め、さらに高く投げ上げる。

「なんなのコレ〜ッ⁉」

「サトシ、トランセルだ！」

胴上げされる中、ソウジが叫んだ。

「え？　なんで⁉」

「下手に攻撃すればさらに怒ってしまう！」

「そうか！」

サトシは胴上げするオコリザルの手に足をかけてジャンプした。オコリザルの輪から少し離れたところに着地して、モンスターボールを投げる。

「トランセル、《いとをはく》だ！」

「ランセル〜〜〜！」

サトシに抱えられたトランセルは、オコリザルたちに向かって糸を吐いた。大量の糸がオコリザルたちに巻きついて胴上げが止まった。グルグル巻きにされて暴れるオコリザルたちから、マコトたちが飛び降りる。

「そんなに怒んないでよ、オコリザル！」

と駆け出し、サトシもトランセルを抱えて走った。

「トランセル、よくやったぞ！」

「トラ！」

すると突然、トランセルの体が輝き出した。光に包まれたトランセルがふわりと浮いて上昇していく。

「フリーフリー！」

光が消えて現れたのはバタフリーだった。大きな白い羽を広げて飛んでいる。

「バタフリーに進化した！」

サトシが喜んだのもつかの間、トランセルの糸を引きちぎったオコリザルたちが追いかけてきた。

「ウキキ〜ッ！」

「追ってきたわよ！」

「バタフリー、《ねむりごな》だ！」

サトシが指示すると、バタフリーは旋回してオコリザルたちに向かった。そしてオコリザルたちの上で羽ばたき、《ねむりごな》を振りまいた。

「ウキ……ウキ……」

《ねむりごな》を吸ったオコリザルたちは、次々に眠ってバタバタと倒れていく。

「すごいぞ、バタフリー！」

「ピカチュウ！」

「今のうちだ！」

ソウジが駆け出し、サトシはバタフリーが戻ってくるのを待ってから走り出した。

サトシたちが去ってしばらくすると、ロケット団の三人がやってきた。

「ニャニャ、にゃんにゃにゃん⁉」

森の中でオコリザルが集団で眠っているのを見て、ニャースがビックリする。

「オコリザルがいっぱい！」

「しかも全部寝てるぞ！」

「まとめてゲットだニャ！」

オーッ！　と三人が拳を振り上げたとたん、オコリザルの一匹がギンと目を開けた。

「ウキッ！　キキ〜ッ！」

その声で他のオコリザルも次々と起き出し、あっという間にロケット団を取り囲んだかと思うと、

「ウッキキ〜〜〜ィ!!」

今度はロケット団を胴上げし始めた。

「わぁ〜っ!!」

三人は宙に放り出されては落ち、また放り出されては落ち、

「ウッキキ〜〜〜〜〜〜ィ!!」

オコリザルたちはさらに高速でロケット団を空に突き上げた。

「やなカンジ〜〜〜〜〜〜!!」

月に向かって飛んでいったロケット団は、キラリと光って夜空の彼方へと消えた。

森の中を走っていたサトシたちは、やがて大きな川に出た。

「私に任せて！　さあ出番よ、ラプラス！」

マコトはモンスターボールにキスをすると、大きく振りかぶり、川に向かって投げた。

「プラァー！」

ラプラスの登場にサトシたちがオオ〜ッと声を上げると、マコトはヘヘッと得意げに微笑んだ。

一同はラプラスの背中に乗り、ピカチュウとポッチャマは頭に乗った。川を進むラプラスの周りをバタフリーが飛ぶ。

やがて夜が明けて朝日が昇ると、ラプラスが進む川面がキラキラと輝いた。

6

数日後。

ライゼン山脈の近くまで来たサトシたちは、山道を歩いていた。ピカチュウとポッチャマが追いかけっこをしながら先頭を歩いていると、

「フリ〜フリ〜」

木立の奥でバタフリーが飛んでいるのが見えた。サトシのバタフリーとは違い、ピンク色の羽を持つバタフリーだ。オニドリルに追われていて、必死に攻撃をかわしながら木々の間を飛び回っていた。

「あのままじゃ危険だぞ」

ソウジに言われて、サトシは腰のベルトからモンスターボールを取った。

「バタフリー、キミにきめた！」

「フリーッ！」

モンスターボールから出てきたバタフリーは、上昇してオニドリルに体当たりした。その隙に逃げることができたピンク色のバタフリーが、離れたところからサトシのバタフリーを心配そうに見つめる。

「バタフリー、《かぜおこし》だ！」

「フリーフリー！」

サトシのバタフリーは大きな羽で激しい風を起こし、オニドリルにぶつけた。強風に吹き飛ばされたオニドリルは体勢を立て直し、ヘロヘロと逃げていく。

「フリ〜フリ〜」

どうもありがとう、とピンク色のバタフリーがサトシのバタフリーに近づくと、

「フリー」

いえいえ、とサトシのバタフリーは羽を羽ばたかせた。

「いいぞ！」

「ピカチュウ！」

バタフリーの勝利を喜ぶサトシとピカチュウのそばで、ソウジとマコトは仲良さげに飛

び回るバタフリーたちを見上げていた。

「色が違うな、あのバタフリー」

「なんかカワイイ」

「あの子、女の子ね」

マコトの言葉にサトシは驚いたが、ソウジはわかっていたように「たぶん」とうなずいた。

女の子のバタフリーか――サトシはあらためてバタフリーたちを見た。

二体のバタフリーは見つめ合いながら、木漏れ日の中をくるくると踊るように飛び回っていた。


しばらく山道を歩いていくと、徐々に木々が少なくなり、視界が開けてきた。

遠くに幾つもの山々が連なっているのが見える。

ソウジは持っていたタブレットの画像と目の前の景色を見比べた。

「あれだ……虹のふもと、ライゼン山脈」

サトシたちは美しく雄大にそびえる山々を見て、わぁ……と感嘆の声を上げた。すると、サトシの上着の内ポケットから光が漏れているのに気づいた。

それは虹色の羽根の光だった。ポケットから取り出して山脈に向けると、さらに強く光り、一筋の光が放たれた。一番高い山に向かってまっすぐと伸びていく。

「山脈で一番高い、テンセイ山だ！」

ソウジが言うと同時に、光は消えた。

「あそこに行けってこと⁉」

「そうだね」

興奮するマコトに、ソウジが冷静に答える。

「もうすぐホウオウに会えるんだ！　――行くぜ、ピカチュウ！」

サトシは虹色の羽根を内ポケットにしまうと、駆け出した。ピカチュウも後に続く。

「サトシ！」

マコトたちもふたりを追って走り出した。

サトシたちを追ってきたロケット団は、近くの岩陰に隠れていた。

「聞いた？」

とムサシがコジロウとニャースを見る。

「聞いた聞いた」

「ホウオウ、ゲットで」

三人は顔を見合わせてほくそ笑むと、

「いいカンジ〜〜〜!」

と声をそろえた。


サトシたちがテンセイ山のふもとにたどり着いた頃には、日が傾き、空が茜色に染まり始めていた。

歩いているサトシたちの頭上を数匹のバタフリーが飛んでいったかと思うと、

「わぁ……!」

眼下の森にたくさんのバタフリーが集まっていた。

「うわぁ……バタフリーがいっぱい!」

「ようし、お前も出てこい!」

サトシはモンスターボールを投げてバタフリーを出した。

「フリ〜フリ〜」

サトシのバタフリーはバタフリーの群れの中に飛んでいった。

群れの中では、見つめ合って飛び回ったり、連れだって飛んだり、そして単独で飛び回ったりと、みんな思い思いの行動を取っている。

サトシのバタフリーは、こんなにたくさんの仲間を見るのは初めてだろう。キョロキョロと左右を見回していると、

「フリーフリー♡」

ピンク色のバタフリーが近づいてきた。

「あれ、この間助けた子じゃない？」

「そうだ」

バタフリーの群れを見ていたマコトとサトシが気づくと、

「この時期、バタフリーは子作りのために集団で南に渡るんだ」

ソウジが教えてくれた。

「へぇ〜」

「ほら、サトシのバタフリーも。あれは求愛のダンスだ」

ソウジが指差す先で、サトシのバタフリーがピンク色のバタフリーの周りを八の字を描きながら飛び回った。すると今度はピンク色のバタフリーがその場で羽ばたきながら二回転した。

「どうやらOKらしいな」

「やったな、バタフリー！」

サトシが喜んでいると、マコトが「でも……」と口を開いた。

「このまま南へ渡るのなら、お別れしなきゃいけないよ」

「!!」

サトシはマコトに言われて初めて気づいた。

そうか。そこまで考えていなかった――……。

夕陽が山の向こうに沈みかけると、それを合図にバタフリーたちは一斉に南の方向へ飛び立っていく。

サトシはうつむいて拳をギュッと握りしめた。

「オレ……そんなのイヤだ。バタフリーは大切な友だちなんだ……別れるなんてイヤだよ！」

「うん……そうだね」

「決めるのは、サトシだ」

そのとき、サトシのバタフリーが群れの中から離れて、サトシのところに舞い降りてきた。ピンク色のバタフリーもそばについてきている。

「フリーフリー」

「なあ……お前はどうしたいんだ？」

サトシは真剣な表情でバタフリーと向き合った。

「オレたちとさよならして、あの子と南に行きたいか？」

サトシのバタフリーはピンク色のバタフリーをチラリと振り返り、またサトシの方を向いた。サトシの寂しそうな顔を見て首を横に振ると、サトシの後ろに回る。その姿を見て、ピンク色のバタフリーはうつむいた。

彼らは互いに惹かれ合っている。けれど、サトシのバタフリーはサトシを気遣って南へ行くのをやめようとしているのだ。

バタフリーの気遣いに気づいたサトシは、うつむいて唇をクッと噛み締めた。

バタフリーを無理やり引き止めるなんて、ダメだ。自分から送り出さなきゃ——。

決意したサトシは顔を上げ、笑顔を作った。

「行ってこい、南へ！」

「フリ!?」

「さあ、急がないとみんな行っちゃうぞ！」

サトシはバタフリーの手を引っ張って、ピンク色のバタフリーに近づけた。

「こいつ、とってもいいヤツだからよろしくな」

「フリーフリー」

とうなずくピンク色のバタフリーの横で、サトシのバタフリーは大きな瞳を潤ませた。

「フリ〜」

何か言いたげなバタフリーに、サトシが微笑んでうなずく。

「ピカピカチュウ！」

サトシの肩に乗ったピカチュウも、行ってきなよ、と背中を押した。

すると、涙目になったバタフリーは決意し、ピンク色のバタフリーと一緒に群れに向かって飛び立っていった。

「仲良くねーっ！」

「ポチャ！」

「気をつけていくんだぞ！」

マコト、ポッチャマ、ソウジ、ルカリオは大きく手を振ってバタフリーたちを見送った。

「ピカピカチュウ〜！」

元気でね〜、と手を振るピカチュウは泣いていた。サトシも必死で涙をこらえて笑顔を作っていたが、しだいに笑顔が崩れて涙があふれてくる。

「バタフリー！　元気でなーっ！」

「フリーフリー！」

さよなら、サトシ――バタフリーも泣きながら群れに向かって飛んでいった。バタフリーの群れは茜空の彼方を飛んで、どんどん遠ざかっていく。

サトシたちはいつまでも手を振り続けた。


やがて夕陽が山間に沈み、バタフリーの群れは見えなくなっていた。

「行っちゃったね……」

マコトが寂しげに言うと、サトシはうつむいたまま「うん……」と答えた。

「ピカピ」

サトシの肩に乗ったピカチュウが、心配そうにサトシの顔をのぞき込む。

「……でもオレ、アイツと出会えてよかった」

サトシはそう言うと、顔を上げて夕焼け空を見つめた。

「離れ離れになっても、オレたちはずっと友だちだ」

「ピッカ」

サトシとピカチュウは顔を見合わせて微笑んだ。

「ボクたちトレーナーは、育てることはできても生み出すことはできないからね」

ソウジの言葉に、サトシが「うん」とうなずいたとき、

「ピカ!?」

ピカチュウが頬にパチパチと電気を発し、背後を振り仰いだ。サトシたちも振り返る。

すると、遠くの岩山のてっぺんにポケモンが立っていた。

雲のような形をした紫のたてがみを持つそのポケモンは、黄と黒の体毛をまとった大きな体から電気を放っていた。額の黒い装甲からのぞく赤い瞳で、サトシたちをじっと見下ろしている。

「ライコウだ！」

ソウジが叫ぶと、ライコウは天に向かってすさまじい咆哮を上げた。すると突然、茜色の空に雨雲が渦巻き、稲妻が走った。

ズドオォォンン！

ライコウがいた岩山に雷が落ちて、一瞬、辺りが真っ白になる。

サトシたちが目を開けると、岩山の上にライコウの姿はなかった――。


夜が明けて空が白み始めた頃、サトシたちはテンセイ山を登り始めた。

山の中腹辺りまで来るとそこはもう雲よりも高い場所で、辺りは霧が立ち込めている。

いつの間にか周囲にチラチラと野生のポケモンたちが現れたかと思うと、ポケモンたちはサトシたちを警戒するように遠巻きに見ていた。

今も崖の上からレアコイル、ブーバー、エレブー、ニドキングたちがサトシたちを見下ろして低いうなり声を上げ、反対側ではゴルバットやモルフォンたちがうかがうように飛んでいる。

「何か……野生のポケモンたちが騒がしくない？」

「確かに」

マコトとソウジが歩きながら話していると、

「ホウオウじゃ」

突然、頭上で声がした。驚いて見上げると、岩の上に立派なヒゲを生やした老人が座っていた。

「あいつらは、ホウオウから力を分け与えてもらおうと集まっておるんじゃ」

老人はそう言って立ち上がり、岩から飛び降りた。サトシの前に着地して、んん、とサトシのにおいを嗅ぐ。

「微かじゃがホウオウのにおいがする」

「あ、もしかして……」

サトシが上着の内ポケットから虹色の羽根を取り出すと、老人は「おおっ！」とのけぞって驚いた。

「虹色の羽根……！」

「知ってるの⁉」

とたずねるマコトの隣で、ソウジは「あっ！」と老人を指差した。どこかで見たことがあると思ったら、ポケモンセンターの資料室で読んだ『ホウオウこそ我が人生』に載っていた男性だ。

「あの本の作者⁉　名前は確か……」

「ボンジイと呼んでくれ」

老人は胸まで伸びた立派なヒゲをさすりながらニッコリと微笑んだ。

「ワシはな、二十年間ずっとホウオウを探し求めておるんじゃ」

「二十年も⁉」

マコトが驚くと、ボンジイは身振り手振りをつけて自分の研究について熱弁し始めた。

「……さまざまなデータを統合し、次に現れるのがこの山じゃと読んで確かめに来たんじゃよ」

「じゃあ一緒に行きましょう！」

「これからホウオウに会いに行くんです！」

マコトとサトシの誘いに、ボンジイは「うむ」とうなずいた。

「しかし、その輝きはまさに少年時代の輝き……今のワシには美しすぎる」

サトシが持つ虹色の羽根に目を細めるボンジイを、近くの岩陰からクロスとルガルガンが見つめていた。

　サトシたちはボンジイと一緒に山を登りながら、虹色の羽根を拾った経緯や、旅の途中でエンテイ、スイクン、ライコウに会ったことを伝えた。

「君たちが伝説のポケモン、エンテイ、スイクン、ライコウに会えたのは、虹色の羽根のおかげかもしれん」

「え⁉」

「少年が虹の勇者にふさわしいかどうかを見定めておったんじゃろう」

「オレを？」

　ボンジイの前を歩いていたサトシは振り返って自分を指差した。

「……ということは、君にも〝影より導く者〟がついておるのでは？」

　ボンジイはそう言うと、サトシの足元を見た。

「影より……？」

　立ち止まって足元を見たサトシは、自分の影から出てきた赤い瞳を持つ生き物を思い出した。

「そういえば何かいました。まだここにいるのかな」

と片足を上げると、ピカチュウがにおいを嗅いで気配を探った。ポッチャマもサトシの影をのぞき込む。

「それは幻のポケモン〝マーシャドー〟であろう」

「マーシャドー？」

ソウジがたずねると、ボンジイは「うむ」とうなずいた。

「影より導く者、虹の色が失われしとき、全てを閉ざし全てを正すと言われておる」

尾根を登っていくと霧が晴れてきて、太陽が顔を出した。同時にサトシの懐に入れた虹色の羽根が光り出す。

山頂付近にかかっていた雲も流れ、テンセイ山の頂上がくっきりと見えた。

「頂上よ」

「サトシ」

マコトとソウジに言われて、サトシは上着の内ポケットから虹色の羽根を取り出し、頂上に向かってかざした。

すると虹色の羽根の輝きが増して、一筋の光が伸びた。頂上に向かってまっすぐ伸びた光が、頂上にある水晶の台座に当たり、水晶が強く光り出した。さらにその光が周囲の水晶岩に広がり、頂上一帯が虹色にきらめく。

「虹色の岩に虹色の花が咲くとき、ホウオウ現る……」

幻想的な光景を目の前にしてボンジイがつぶやくと、

「オレ、もうジッとしてらんないよ！　行くぞ、ピカチュウ!!」

サトシが駆け出した。

「ピッカ！」

ピカチュウとポッチャマが続き、

「あ、待ってよ！」

マコト、ソウジ、ルカリオも後を追った。

尾根を駆け上っていくサトシたちを見て、ボンジイはフォッフォッフォッフォッと笑った。

「光陰矢の如し、虹はすぐに消える。少年たちよ急げ！」

ヒゲをひとなでして、またフォッフォッフォッフォッと笑いながら駆け出す。

すると、斜面を上ってきたニャースがヒョコリと顔を出した。

「少年たちよ急ぐのニャ！」

と斜面を這い上ってくるムサシとコジロウを見下ろす。

「少年じゃないし」

「急げないし」

ヘロヘロになったムサシとコジロウが口をとがらせると、

「お腹空いたし〜」

三人は声をそろえながら、ヨロヨロと斜面を登った。

7

テンセイ山の頂上は火口跡のような平らな場所で、中央にある水晶の台座から放たれた光が地表の水晶岩にまで広がっていた。周囲にはゴローン、ニドクイン、サイドン、エレブー、ブーバーなどさまざまな野生のポケモンがいて、さらに上空にはマタドガスやレアコイルなどが浮遊し、ピジョンやゴルバットたちも飛んでいる。

「あそこに羽根を置くのか」

ソウジが光り輝く水晶の台座を指差した。

「行ってくる！」

サトシは上着の内ポケットから虹色の羽根を取り出して駆け出した。ピカチュウもついていく。

すると――水晶の台座の陰からガオガエンが飛び出してきた。その強靭な右腕を大きく振りかぶり、サトシの足元に《じごくづき》を放つ。

「うわぁぁ!!」

サトシとピカチュウは吹っ飛ばされた。驚いたマコトたちが駆けつけると、水晶の台座の奥からクロスとルガルガンが現れた。

「クロス！　なんの真似だ!?」

「そいつをよこせ！」

クロスはサトシが持つ虹色の羽根を指差した。

「ホウオウとバトルするのは最強のトレーナーである、このオレだ！」

「君は間違っている」

「そうよ！　ホウオウとバトルできるのは選ばれた虹の勇者だけよ！」

ソウジとマコトが反論すると、クロスは「甘いな」とあざ笑った。

「正しいのは一つ、強さだ！」

「じゃあ弱いヤツは？」

サトシがたずねると、クロスは「ゴミだ」と即答した。

「負けたヤツは？」

「それ以下だ！」

サトシはグッ……と歯噛みした。

強いポケモンしか認めようとしないクロスに腹が立った。弱いポケモンをゴミ扱いするなんて、間違ってる。そんなヤツはポケモントレーナーじゃない……！

「やっぱり、お前には負けるわけにはいかない！」

そのとき——サトシの持つ虹色の羽根が強く光り出した。その光で地面にサトシの影ができて、赤い瞳を持つポケモンが現れた。

「お前が、マーシャドー……!?」

サトシは自分の影から現れたマーシャドーをまじまじと見つめた。

全身を現したマーシャドーは、渦を巻いたような頭に大きな赤い瞳を持ち、首には雲のようなものをまとい、頭や首、足元も雲のようにたなびいている。

「あの夜に見たポケモンだ」

「意外にかわいいかも」

マーシャドーの姿を見て、マコトは思わず微笑んだ。

「〝影より導く者〟か……」

クロスがニヤリと笑みを浮かべる。

すると、虹色の羽根の光が消えて、マーシャドーはサトシの影から大きくジャンプした。

崖の中腹の突起に着地して、サトシたちを無表情で見下ろす。

「マーシャドーはあくまでも見守るつもりじゃな」

ボンジイの言葉を聞いて、サトシは虹色の羽根を上着の内ポケットにしまった。そして
クロスをグッとにらみつける。

「リザード、キミにきめた！」

投げたモンスターボールから飛び出したリザードは、

「リザード!!」

クロスとガオガエンに向かって大きく吠えた。

「《かえんほうしゃ》！」

クロスの指示を受けて、ガオガエンは口からすさまじい炎を吐き出した。

「突っ込め！　リザード!!」

「ザードッ!!」

リザードは《かえんほうしゃ》をかわして、ガオガエンに突進した。リザードの背後で

爆発が起きて、煙で姿が見えなくなる。

「リザード、《きりさく》！」

リザードは岩の壁を走っていた。リザードの姿を捜すガオガエンの背後に回り込み、鋭い爪で切りつける――！

「やった！」

「ポッチャ！」

離れたところで見守っていたマコトたちは拳を握りしめた。

「《じごくづき》！」

ガオガエンは踏みとどまった足を蹴り上げてジャンプし、右腕を大きく振りかぶってリザードの足元に《じごくづき》を放った。が、リザードはジャンプしてかわし、岩の上に着地した。ガオガエンが突進して岩を砕き、地面に下りたリザードを追撃する。リザードはガオガエンの攻撃をかわしながら、サトシのところまで後退した。

「《きりさく》！」

「ザードッ！」

リザードはガオガエンに向かって突進した。ガオガエンも突っ込んでくる。

ドォン!!　両者の拳が激突して、すさまじい衝撃が伝わった。しかし両者は互いの拳を突き合わせたまま一歩も引かずににらみ合っている。

「《かえんほうしゃ》！」

ガオガエンが拳を離し、《かえんほうしゃ》を放った。リザードはとっさに体の前で腕をクロスしてガードした。

「リザード！」

「ザードッ！」

絶対に負けない――リザードは気合を入れた。すさまじい炎にじわじわと押されながらも、足を踏ん張らせて必死に耐える。

そんなリザードを、サトシは息をのんで見つめた。

耐えられるのか、リザード――……！

するとそのとき、リザードの尻尾の炎がブワッと大きくなった。

大丈夫だ。まだいける！　サトシが確信した瞬間、

「ザードオオオッ!!」

リザードが全身から光を放った。リザードを包み込んだ光が炎を弾いたかと思うと、光

の中でリザードの体が大きくなり、背中から大きな翼が現れた。さらに角が二つに分かれて伸びていく――。

「リザァァ!!」

光が弾けて現れたリザードンは、その大きな口から炎を吐いた。

「リザードンに進化した!」

「ピカチュウ!」

喜ぶサトシたちを前に、クロスは不敵に口の端を持ち上げた。

「言ったはずだ。進化しても弱いヤツは弱いままだってな!《じごくづき》!!」

「ガウ!」

ガオガエンがリザードンに向かって飛び出した。

「リザードン!《きりさく》!!」

「リザァァ!」

リザードンも低空飛行で突っ込んだ。クルリと一回転して、《きりさく》と《じごくづき》で撃ち合う――!

すさまじい衝撃を受けて、両者は弾かれるように吹っ飛んだ。

「《かえんほうしゃ》!!」

足を踏ん張ってとどまったガオガエンは、炎のベルトから《かえんほうしゃ》を発射した。リザードンが《かえんほうしゃ》をかわしながら空を飛ぶ。

「《りゅうのいかり》!!」

リザードンは飛びながら《りゅうのいかり》を発射した。強烈なエネルギーの衝撃波が腕でブロックするガオガエンに命中する。

ズドォン！　と地面に着地したリザードンは咆哮を上げた。《りゅうのいかり》に耐えたガオガエンも立ち上がってうなる。

「リザードン、長引くとこっちが不利だ。力をためてチャンスが来たら、一気に決めるぞ！」

サトシは前回のバトルの反省を踏まえて、リザードンに指示した。

「リザァ！」

合点だ、とリザードンが小さくうなずく。

「《ほのおのキバ》！」

クロスが指示すると、ガオガエンはリザードンに向かって突進した。リザードンも低空飛行で突っ込む。

「かわせ！」

《ほのおのキバ》が炸裂する寸前、リザードンは身をひるがえしてかわし、大きく旋回した。

「引きずり下ろせ!!」

ガオガエンは大きくジャンプして、リザードンに飛びついた。

「《ちきゅうなげ》!!」

ガオガエンに飛びつかれたリザードンは地面スレスレまで降下したかと思うと、ぐんぐん上昇して、ガオガエンの腕を持ってグルグルと高速で回り出した。そして、

「リザァァァ!!」

ガオガエンを勢いよく放り投げる。真っ逆さまに落ちて地面に叩きつけられたガオガエンは、豪快に地面を削りながら後退した。

「ガオガエン！《かえんほうしゃ》!!」

「リザードン！《かえんほうしゃ》!!」

二つの《かえんほうしゃ》がぶつかり合い、すさまじい衝撃波が大気を震わせた。

「ガオガオ!!」

「リザードン!!」

両者は負けじと《かえんほうしゃ》を噴き続ける。

「行っけえええ!!」

サトシは身を乗り出して叫んだ。

すると、リザードンの《かえんほうしゃ》が威力を増して、ガオガエンの《かえんほうしゃ》を徐々に押し込んでいった。そしてついにガオガエンがリザードンの炎に飲まれ、
ドオオォオン!!　と大爆発が起きた。

爆煙が薄れていくと、仰向けになって倒れているガオガエンが目に入って――クロスは
ガクッとひざをついた。

「やったな、リザードン！」

「リザァ！」

サトシはリザードンに近寄って首元をなでてやった。マコトやソウジたちも駆けつけて、勝利を喜ぶ。

うなだれたクロスは、やがてモンスターボールを取り出してガオガエンを戻した。そし

てサトシが虹色の羽根を持って台座へ向かおうとすると、

「……オレもホウオウを見た」

とつぶやいた。サトシが驚いて立ち止まる。

「だが、虹色の羽根はもらえなかった。オレは最強のトレーナーになるために、あらゆることをしたってのに……なぜお前なんだ!!」

クロスは立ち上がり、憎悪に満ちた顔をサトシに向けた。

「ホウオウがオレを最強と認めないなら、ホウオウも潰す！」

「クロス！」

サトシもクロスに向き直った。

「オレだって、もっと強くなりたい。でも、みんなと力を合わせてここまで来て、それだけじゃないってわかったんだ」

「じゃあ、なんのためのバトルだ!?」

「それは……友だちになりたいからだ」

サトシはなんの気負いもなく自然体で答えた。

クロスに敗れたときは、自分も勝つことにこだわりすぎて、リザードに無理をさせてしまった。でも今ならわかる。自分にとってバトルは単なる勝負じゃないんだ。

「ホウオウだけじゃない。オレは全部のポケモンと友だちになりたい。それがオレのバトルだ！」

笑顔できっぱりと答えるサトシに、

「ピッカ！」

ピカチュウも、そうだね、と微笑む。

にこやかに微笑み合うサトシたちを見て、クロスは愕然とした。自分とはバトルに対する考え方もポケモンへの接し方も何もかも違う。

だからなのか。だからサトシは虹色の羽根をもらえて、自分はもらえなかったのか――。

クロスはギリリと歯噛みすると、サトシに飛びかかった。虹色の羽根を奪い、水晶の台座に向かって走る。サトシとピカチュウが追いかけようとすると、ルガルガンが前に立ちはだかった。

「いかん！」

ボンジイが駆け出し、マコトやソウジも続いた。

クロスは水晶の台座をよじ登り始めた。すると、持っている虹色の羽根が色を失い、黒いオーラを放ち始めた。

「さあ来い、ホウオウ！」

台座に登ったクロスは灰色になった羽根を掲げると、台座から天に光が伸びて、灰色の羽根がクロスの手から離れて浮き上がった。

光が伸びていった空がグニャリと歪み、黒い渦を巻き始めた。浮き上がった灰色の羽根から黒いオーラがほとばしると、水晶の台座が光を失って灰色になり、地表の水晶岩もみるみるうちに灰色に染まっていく。

「虹色の羽根……悪しき心に触れるとき、色を失う！」

サトシたちが周囲の異変に驚いていると、ボンジイが台座を見て叫んだ。

黒いオーラをまとった灰色の羽根の下に影ができて、影の中からマーシャドーが現れた。

「マシャー！」

マーシャドーが両手をかざすと、黒い影の手が出現して、台座に向かって伸びていった。

「何⁉」

影の手が台座に登っていたクロスをつかんで持ち上げると、そのまま放り投げた。ルガルガンが飛び出してクロスを受け止める。

「マーシャドーは全てを閉ざし、全てを正すぞ！」

ボンジイの言葉に、サトシたちは台座を振り返った。

台座の上に立ったマーシャドーが灰色の羽根をつかむと、黒いオーラがマーシャドーに流れていった。

地面に着地したクロスが、黒いオーラに包まれたマーシャドーをにらみつける。

「お前も潰してやる！　ルガルガン、《ブレイククロー》!!」

「ルガ!!」

ルガルガンが飛び出すと、

「マシャ〜〜〜ッ！」

マーシャドーを包む黒いオーラが伸びて、突進するルガルガンの体を突き抜けた。ガクリと足を止めたルガルガンは黒いオーラに包み込まれると、クロスの方を振り返った。見開いた目が妖しげに光ったかと思うと、鋭い爪をかざしてクロスに襲いかかった。

「!!」

クロスがとっさにかわし、ルガルガンの爪が地面に突き刺さる。

トレーナーのクロスを攻撃するルガルガンを見て、サトシたちは唖然とした。

「どうなってるの⁉」

「マーシャドーが操っておるんじゃ。人間とポケモンを引き離すために……」

ボンジイの言葉に驚いていると、ルガルガンはゆらりと立ち上がり、クロスに向き直った。そして口を大きく開け、《バークアウト》を放つ――！

すると、クロスの前に飛び出したリザードンが《バークアウト》を受けた。

「……お前……」

唖然としてリザードンを見つめるクロスに、マコトが声をかけた。

「忘れてなかったのよ！　あなたが自分のトレーナーだったことを！」

「そういうヤツなんだよ、コイツは」

「ピッカ！」

サトシたちの声を受けて、クロスがリザードンを見ると、

「リザッ」

リザードンはそっぽを向いた。

台座に乗ったマーシャドーは無数の黒いオーラを崖の上にいる野生のポケモンたちに放出した。黒いオーラがポケモンたちの体を突き抜け、黒いオーラに包まれたポケモンたち

の目が妖しく光る。

エレブーがクロスたちに向けて《10まんボルト》を放った。クロスがとっさによけ、リザードンが飛び上がると、他のポケモンたちもサトシたちに攻撃を仕掛けてきた。一斉に逃げる一同を、ポッポ、ピジョン、ピジョットが追いかけてくる。

「ルカリオ！」

「ルカッ」

ルカリオはジャンプして、ボンジイに迫るピジョットをブロックした。

「ピカチュウ、《10まんボルト》！」

両頰から強烈な電気を散らしたピカチュウが《10まんボルト》を放出したが、ピジョットたちにかわされた。

崖の上ではブーバー、サイドン、エレブーが、崖の下ではニドキング、ニドクイン、ルガルガンが、サトシたちに一斉に攻撃をしようとしていた。

「マーシャドーは君たちも排除しようとしておる！」

ボンジイの言葉に、マコトは「そんな……」と青ざめた。

「こうなったら、もはやホウオウは現れん！」

台座の上に立ったマーシャドーは、ポケモンたちに合図するように、持っていた灰色の羽根を振り下ろした。

《はかいこうせん》《かえんほうしゃ》《めざめるパワー》が次々と発射されて、サトシたちは逃げた。岩棚を数段飛び降りる一同の背後で立て続けに爆発が起きる。

ポケモンたちの攻撃をなんとか免れて、マコトはポッチャマを抱き上げた。

「みんな大丈夫？」

「ああ」

「なんとかな……」

ソウジとボンジイは答えながら、岩の上を見た。

ブーバー、サイドン、エレブー、ゴローンたちが次々と岩棚を下りてきて、レアコイル、マタドガス、モルフォン、ゴルバットたちが周囲を浮遊し、上空ではポッポ、ピジョン、ピジョットたちが飛び回っている。

サトシたちはマーシャドーが操るポケモンたちに囲まれてしまった。

ボンジイが「少年よ」とサトシを見た。

「あの羽根を取り返すんじゃ」

「え？」

「マーシャドーはあの羽根から力を得ておる。それを取り返すことはホウオウに選ばれた君にしかできん！」

ボンジイに言われたサトシは、周囲のポケモンたちを見た。どのポケモンもマーシャドーに操られて、サトシたちに攻撃を仕掛けようとしている。

「やるっきゃないな」

「ピッカ！」

サトシが決意すると、ボンジイは「こっちじゃ」と台座に通じる斜面を上っていった。

一同も後に続くと、ブーバーたちが岩棚を飛び降りてきた。

「リザードン《かえんほうしゃ》！」

「リザ〰〰ッ」

ホバリングしていたリザードンは地面に着地すると、《かえんほうしゃ》を発射した。

すると、ブーバーも《かえんほうしゃ》を放ち、せめぎ合いになった。が、リザードンの《かえんほうしゃ》が押し込んで爆発した。

斜面を上るマコトたちにも、上空からピジョットが襲ってきた。

「《ハイドロポンプ》！」

「ポチャーッ！」

ポッチャマが放った《ハイドロポンプ》がピジョットに命中し、爆発した。すると今度は爆煙の中からアーボックが飛び出し、ボンジイに飛びかかった。リザードンが間に飛び込み、アーボックを跳ね飛ばす。

サトシとピカチュウの前にはサイホーンがいた。突進してくるサイホーンをジャンプして飛び越えると、今度はゴローンが現れた。

「ゴローン！」

飛び上がったゴローンは地面を転がりながら突進してきた。背後からはサイホーンが向かってくる——！

するとルカリオがサトシたちの前に飛び出し、《ボーンラッシュ》でゴローンを受け止めた。さらにポッチャマが《バブルこうせん》でサイホーンを吹っ飛ばす。

自分たちが援護するから先に進め——ソウジとマコト、そしてボンジイは、サトシたちを見てうなずいた。

うなずき返したサトシとピカチュウは再び駆け出した。追ってくるゴルバットに気を取られていると、いきなり目の前にドゴオォォン！　と尖った岩が突き刺さった。《ストーンエッジ》だ。

　土煙の向こうに立っていたのは、ルガルガンだった。体の周りに幾つもの尖った岩を浮遊させ、今にも《ストーンエッジ》を発射しようとしている。すると、

「やめろ！」

　クロスがルガルガンにタックルし、《ストーンエッジ》はバラバラの方向に散った。

「クロス！」

「こいつはオレの相手だ！　行けっ!!」

　ルガルガンを必死に押さえつけたクロスがサトシを振り返る。

　サトシはうなずいて、ピカチュウと走り出した。


　クロスに押さえつけられたルガルガンは、クロスの腕に牙を突き立てた。

「……っ!!」

　クロスは歯を食いしばって痛みに耐えながら、ルガルガンに話しかけた。

「出会ったときもこんなふうに噛みついてきたな……覚えてるか……」

ルガルガンは唸り声を上げながら噛み続けた。

「思い出せ！　ルガルガン‼」

クロスが耳元で叫ぶと、ルガルガンが微かに反応した。取り巻いていた黒いオーラが飛び散り、ルガルガンの瞳から異様な輝きが消えた。元に戻ったのだ。

ルガルガンはクロスの腕から牙を離すと、クロスの頬をペロッとなめた。

「ルガルガン……」

元に戻ったルガルガンを見て、クロスは笑みを浮かべた。

斜面を駆け上ったサトシとピカチュウは、マーシャドーが立つ台座の前にたどり着いた。

「マーシャドー、羽根を返してくれ！」

「ピカッ！」

サトシたちを無表情で見下ろしたマーシャドーが台座から飛び降りたかと思うと、

「マシャー！」

いきなり《シャドーボール》を撃ってきた。

「《アイアンテール》で撃ち返せ！」

走り出したピカチュウは《シャドーボール》を次々とかわし、さらに硬化した尻尾で撃ち返した。

マーシャドーは撃ち返された《シャドーボール》を後ろ回し蹴りで弾くと、ピカチュウ目がけて突進した。

「《アイアンテール》だ！」

「ピカ！」

マーシャドーの《インファイト》とピカチュウの《アイアンテール》で激しい打ち合いになった。ピカチュウの懐に入ったマーシャドーの《インファイト》が炸裂し、ピカチュウの体が吹っ飛んだ。


リザードン、ルカリオ、ポッチャマはマーシャドーに操られたポケモンたちと戦っていた。が、その圧倒的な数に、徐々に押され気味になってきた。

「ルカリオ！」

相手の攻撃で吹っ飛ばされたルカリオにソウジが駆け寄る。すると、前方に立ちはだかったニドキングが《はかいこうせん》を放った。

膨れ上がった光の球が迫ったが、ソウジもマコトも疲れ切って動けなかった。よけられない――そう思った瞬間、飛んできた尖った岩が光の球に命中して、爆発した。

爆煙が薄れると、ソウジたちの前にクロスとルガルガンが立っていた。

「クロス……！」

自分たちを助けてくれたクロスに、マコトは驚いた。

すると今度はサイドンとニドキングが《がんせきふうじ》を発動した。巨大な岩を次々と発生させ、マコトたちに向けて飛ばす。一同は後ろへと逃げ、リザードンも後方へ飛ぼうとすると、アーボックが飛びかかってきた。

「シャーッ！」

首をギリリと強く絞められたリザードンは、その場に倒れた。

《インファイト》に吹っ飛ばされたピカチュウは地面でバウンドして、サトシの横まで後退した。

「ピカチュウ！　大丈夫か!?」

「ピカピカチュウ！」

サトシが一緒なら大丈夫！　とサトシの方を向いたピカチュウの目は、バトルする気満々だ。ふたりを見ていたマーシャドーが身構える。

「行くぞ、ピカチュウ!!」

「ピカアアア!!」

ピカチュウはみなぎるパワーを放電した。そのパワーがマーシャドーへと飛んでいくが、黒いオーラに弾かれた。

マーシャドーを取り巻いた黒いオーラが激しく噴き出したかと思うと、それは一瞬、巨大な人の形になった。

マーシャドーはその手にエネルギー弾を発生させ、正拳突きで次々と放った。七つのエネルギー弾がピカチュウに迫る――！

「かわせ！」

「ピカ!!」

駆け出したピカチュウはジャンプして最初のエネルギー弾をかわした。が、次のエネルギー弾に空中でとらえられ、次々と被弾していく。

「ピカチュウ！　《10まんボルト》!!」

打ち上げられたピカチュウは体勢を直し、

「ピカ――チュ――――‼」

渾身の《10まんボルト》を放った。バリバリバリ！　と電撃が走る中、

「マシャ―――‼」

力を振り絞ったマーシャドーが飛び出した。《10まんボルト》を切り裂き、ピカチュウに強烈な突きを食らわす――！

ドガアァァ――ン‼

二つのエネルギーがぶつかり合い、すさまじい爆発が起こった。サトシは爆風に飛ばされ、《がんせきふうじ》の岩を乗り越えようとしていたマコトたちのところにまで爆風が押し寄せた。

頂上一帯が爆煙に覆い隠され、サトシは起き上がってピカチュウの姿を捜した。すると、数メートル先でピカチュウが倒れていた。

「ピカチュウ！」

サトシは駆け出した。

台座の近くではマーシャドーが立っていた。噴き出していた黒いオーラが勢いを失くし、マーシャドーもガクリとひざをつく。

「ピカチュウ！」

サトシが抱き上げると、ボロボロになったピカチュウは力なく目を開けた。

「……ピ……カ……」

すると、斜面を上ってきたブーバー、サイドン、ニドキング、エレブーたちがサトシたちに迫ってきた。

サトシはピカチュウを抱えながら後ずさりすると、駆け出した。けれどその先は崖だった。振り返ると、横一列になったポケモンたちがじわじわと近づいている。

サトシが横へ飛び出すと、ニドキングが《はかいこうせん》を発射した。サトシはとっさに立ち止まり、ピカチュウをかばおうと背中を向けた。

ドオオォォーーーン!!

サトシたちがいる方向から爆発音がして、岩を登っていたマコトは目を見張った。

岩を乗り越えてサトシのところへ行こうとするマコトたちも、ポケモンたちから攻撃され足止めされていた。

ソウジとクロスが岩から飛び降りると、モルフォンが《サイケこうせん》をソウジの足元へ放ち、ゴルバットが《シャドーボール》をクロスに撃った。ルガルガンがすかさずクロスの前に立ってかばう。

さらにゴルバットは続けてマコトたちにも《シャドーボール》を撃った。マコトたちはとっさに岩から飛び降りてよけた。

こんなに攻撃をされては、サトシたちのところへ進めない――。

「サトシ……」

「ポチャ……」

マコトとポッチャマは心配そうにサトシたちがいる方向を見た。

《はかいこうせん》を受けたサトシとピカチュウは離れたところに吹き飛ばされていた。

爆煙が流れてピカチュウの姿を見つけたサトシは、地面を這いながらピカチュウに手を差し伸べた。ピカチュウも必死に体を起こすと、サトシの方へ這っていく。

すると、ニドキングたちが一歩前に出た。また攻撃しようとしているのだ。

それに気づいたサトシは、腰のベルトからピカチュウのモンスターボールを取り出し、ピカチュウに向けて転がした。

「ピカチュウ……これに入れ」

転がしたモンスターボールがピカチュウの前で止まる。上体を起こしたサトシはヨロヨロとピカチュウに近づいていった。

「入るの嫌いなのはわかってる……でも、入ればお前は助かるかもしれないんだ」

サトシが説得している間にも、ポケモンたちは攻撃の準備態勢に入っていた。

サトシは立ち上がり、よろけながらポケモンたちの方に向くと、帽子のつばを後ろに回してキッとにらみつけた。そしてピカチュウを守るように両手を広げる。

「お前ら、オレを誰だと思ってんだ！　オレはマサラタウンのサトシ！　世界一のポケモンマスターになるんだ！　こんなことには負けない！」

横一列に並んだポケモンたちは一斉に攻撃を開始した。《めざめるパワー》《はかいこうせん》《ラスターカノン》が同時に放たれ、サトシに迫る――！

力を振り絞って起き上がったピカチュウはサトシの肩に飛び乗った。肩を蹴ってジャンプしようとしたが、力が入らず落ちていく。

「ピカチュウ！」

サトシはピカチュウをキャッチして覆いかぶさるように地面に伏せた。その瞬間――すさまじい爆音が轟いて、サトシたちは吹き飛ばされた。

全ての攻撃を浴びたサトシは全身ズタボロになって倒れていた。

「……ピカピ……」

サトシの腕の中でピカチュウが声をかけると、サトシは悲しげにピカチュウを見た。

「ピカチュウ……何で入ってくれないんだ……」

サトシにはわからなかった。こんな危険なときでさえ、どうしてモンスターボールに入ろうとしないのか――。

サトシは腕に抱いたピカチュウをじっと見つめた。意識が朦朧として、ピカチュウがぼやけ始める。ぼやけたピカチュウの口元が、わずかに動いた。

〝いつも、一緒にいたいから……〟

サトシにはピカチュウがそう言っているように思えた。

「ピカチュウ……お前……」

そのとき――一斉攻撃を仕掛けようとしているポケモンたちの姿がサトシの目に映った。

《はかいこうせん》《れいとうビーム》《スピードスター》《かえんほうしゃ》《めざめるパワー》《ラスターカノン》を撃とうとしている――！

サトシはそばに落ちていたピカチュウのモンスターボールをつかみ、ピカチュウの額に当てた。ピカチュウの体が発光して、モンスターボールに吸い込まれていく。

お前だけでも助かってくれ――……！

サトシはピカチュウが入ったモンスターボールをしっかりと抱え込んだ。

次の瞬間――ポケモンたちが撃ち出したわざが一斉にサトシに降り注いだ。

集結した強力なエネルギーが一気に膨れ上がり、絶叫のような爆発音が轟く。

すさまじい爆発に、走ってきたソウジたちは思わず立ち止まった。首に巻きついたアーボックを振り払って飛んできたリザードンも沸き上がる爆煙に愕然とする。

その凄絶な光景を誰もが呆然と見つめ、息をのんだ。

もうもうと立ち込める爆煙の中から、雷マークの入ったモンスターボールがコロコロと転がって出てきた。すると、何かがフワリと落ちてきて、モンスターボールに被さった。

それは、サトシの帽子だった。

モンスターボールが開いて帽子が跳ね上げられたかと思うと、ピカチュウが出てきた。

その頭にはサトシの帽子が載っていたが、大きすぎてすぐにずり落ちた。

「ピカピ……？」

そばにサトシが倒れていた。

光に包まれたサトシの体は半透明になっていて、その体から光の粒がどんどん立ち昇っている。

台座のそばに立っていたマーシャドーは、サトシたちを見つめていた。手に持つ灰色の羽根からも黒い粒子が立ち昇り、羽根がどんどん失われていく。

光の粒を放つサトシの体は、どんどん透き通っていった。

ピカチュウはサトシの帽子を拾うと歩み寄り、サトシの頭に帽子を被せようとした。

けれどその瞬間、サトシは透明になって消えてしまった。

同時にマーシャドーが持っていた灰色の羽根も消滅した。

サトシが倒れていた場所に残っていた光の粒もやがて消え、帽子だけが残った。

「……ピカピ……」

ピカチュウは帽子を拾い、ギュッ……と抱きしめた。

サトシがいない。いなくなってしまった——そう思った瞬間、ピカチュウの心にどうしようもない悲しみと怒りが押し寄せた。

バチバチッと両頬に電気が散ったかと思うと、ピカチュウの全身そして周囲からも電気が発生した。

「ピ〜カ〜チュウウウウ〜〜〜〜ッ!!」

やり場のない怒りと悲しみをぶちまけるかのように、ピカチュウはすさまじい電撃を放った。

地面を引き裂くような音と共に炸裂した電撃は頂上一帯にほとばしり、マーシャドーとポケモンたちの黒いオーラを一瞬のうちに吹き飛ばした。

黒いオーラが消え去ったポケモンたちは我に返った。地面にひざをついていたマーシャドーが顔を上げ、ピカチュウの方を見る。

ピカチュウはサトシの帽子を抱きしめて、ボロボロと涙をこぼしていた。

「ピカピィィィ〜〜〜〜〜〜!!」

天に向かって叫んだピカチュウの声は、テンセイ山の上空にむなしく響き渡った。

8

地面に倒れていたサトシは、意識が浮上してうっすらと目を開けた。両手をついて起き上がり、周囲を見回す。

そこはテンセイ山のさっきまでいた場所だった。けれどそこはなぜか色のないモノクロの世界で、サトシ以外誰もいなかった。

「ピカチュウ……みんな……どこだ？」

×　×　×

サトシの帽子を抱きしめて泣いていたピカチュウは、ふいにサトシの気配を感じた。

「ピカピ……？」

サトシが倒れていた場所をじっと見つめる。

×　×　×

ピカチュウの声が聞こえて、サトシはハッと後ろを振り返った。

しかし、ピカチュウの姿はなかった。

でも確かにピカチュウの声が聞こえた――サトシは崖の方にゆっくりと歩き出した。すると足元がオレンジ色に光り、その光が一瞬にして周りに広がった。

前を向くと、オレンジ色に染まった夕空が広がっていた。

×　×　×

サトシが倒れていた辺りをピカチュウが見つめていると、突然、オレンジ色の光の粒が集まってきた。

それはまるでサトシがそこにいるのを表しているようで、

「ピカピ！　ピカチュウ!?」

サトシ、いるの!?――ピカチュウは思わずその光の粒に向かって呼びかけた。

×　×　×

「ピカチュウ……!?」

またピカチュウの声が聞こえて、サトシは駆け出した。

すると、すぐ先は崖だったはずなのに、いつの間にか周りは一面草原になっていた。前方に黄色い光の粒がキラキラと輝いていて、一瞬それが走るピカチュウに見えた。

すると、黄色い光の粒が流れて、サトシの肩の辺りで輝いた。それはまるで肩に乗るピカチュウのようで、

「こうやって、一緒に走ったな……」

サトシは走りながら、ピカチュウと一緒に走ったときのことを思い出していた。

×　×　×

ピカチュウの前に集まってきたオレンジ色の光の粒が渦を巻き、さらに緑の光の粒が集まってきた。

二色の光の粒がキラキラと輝きながら舞うのを見ていたピカチュウは、サトシと一緒に草原を走ったときのことを思い出した。さらにサトシの声が聞こえたような気がして、

「ピッカ！」

とうなずく。

すると、二色の光の渦の中に、黄色い光の粒がどんどん集まってきた。

×　×　×

草原を走っていたサトシは、花畑に来ていた。黄色い花が辺り一面に咲き誇り、無数の

花びらが舞っている。

サトシは黄色い花畑でピカチュウと仲良く昼寝をしたときのことを思い出した。

すると、灰色だった空が青空に変わり、足元にはいつの間にか青空の映る水面が広がっていた。

ピカチュウと青空を映す湿地帯を歩いたときのことが頭によみがえり、サトシは嬉しそうに水面を駆け抜けた。

×　×　×

ピカチュウの前に現れた光の渦に、さらに青い光の粒が集まってきた。

オレンジ、緑、黄、青の光の粒が渦を巻いて混ざり合い、やがて虹色の光になった。

ピカチュウの元に駆け寄ってきたマコトたちは、その幻想的な光の渦に息をのんだ。

大きくなった光の渦の前に立ったピカチュウは、じっと目を凝らして渦の中を見た。すると、虹色の光の中を走る後ろ姿が見えた。

「ピ！」

サトシだ――！

ピカチュウは虹色の光の渦に飛び込んだ。

水面を走っていたサトシは、青空にキラリと光る物を見つけた。

それはピカチュウだった。

「ピカピ〜〜〜ッ！」

「ピカチュウ！」

サトシはジャンプして落ちてくるピカチュウを受け止めた。そして強く抱きしめると、フワフワとした体や柔らかいほっぺの感触が腕や頬に伝わってきた。

ピカチュウだ。ピカチュウに会えた……！

実感した瞬間——モノクロだったサトシの体が色を取り戻した。

×　×　×

マコトやソウジたちは、ピカチュウが飛び込んだ虹色の光の渦を呆然と見ていた。

すると、光の渦の中に何かが現れた。

それはピカチュウを抱きしめたサトシだった。キラキラと輝く光の粒をまとったふたりは、ゆっくりと目を開け、互いの存在を確かめるように見つめ合う。

「ピカチュウ……！」

「ピカピ……！」

サトシはピカチュウを強く抱きしめた。ピカチュウも嬉しそうに顔をこすりつける。

「サトシ！」

マコトやソウジたちはふたりの元に駆け寄った。飛んできたリザードンが「リザ〜〜〜ッ！」と嬉しそうに吠える。その背後でクロス、ボンジイが安堵の表情を浮かべていた。

みんなにニッコリと微笑み返したサトシは、肩に乗ったピカチュウの頬をなでた。すると、その手のひらから虹色の光が発生した。光の粒がどんどん集まって、羽根の形になった。虹色の羽根だ。

さらに灰色になっていた水晶の台座も虹色に輝き出した。その光が周囲の水晶岩に広がっていく。

虹の光を浴びたマーシャドーは満足げな顔をして、影の中に消えていった――。

「虹色の岩に虹色の花が咲くとき、ホウオウ現る……」

サトシの手に虹色の羽根が復活したのを見て、ボンジイが言った。

「うむ！　行くのじゃ、少年！」

サトシは帽子を被ると、台座に向かって駆け出した。そしてピカチュウを肩に乗せて台座を登っていく。

台座の天辺まで来たサトシとピカチュウは顔を見合わせ、水晶の上に虹色の羽根を置いた。すると、水晶から虹色の光が立ち昇り、虹色の羽根が浮き上がって強く光り出した。

台座から伸びた虹色の光は大きな弧を描き、山の頂上から大空へと虹がかかった。

それは今まで見たことのないくらい壮大で美しい虹だった。

台座から下りたサトシとピカチュウがマコトたちのところに戻ると、みんなそろって虹の果てを見ていて、サトシも目を向けた。すると、虹の果てからキラキラと光をこぼしながら羽ばたいているものが見えた。

それはホウオウだった。

虹色の大きな翼を広げ、悠然と虹を渡って飛んでくる。

「虹色の羽根に導かれし者、ホウオウに会い、虹の勇者とならん……」

伝説の言葉をつぶやくボンジイのそばで、呆然と眺めていたサトシの顔に笑顔が広がった。

ついに会えるのだ。

あの日――旅立ちの日に、虹色の羽根をくれた伝説のポケモン、ホウオウに――……！

サトシたちを追って崖を登っていたロケット団は、虹を渡ってくるホウオウを見つけて、足を止めた。空にかかる美しい虹とホウオウの神々しい姿に感激して思わず見入ってしまう。

「ニャンだかとっても……」

いいカンジ〜と万歳しようと両手を広げたニャースがバランスを崩し、そばにいたコジロウがとっさに受け止めた。が、コジロウもふらついて、ムサシが受け止める。頑張って持ちこたえるがついに耐え切れなくなり、

「やなカンジ〜〜〜〜ィ!!」

ロケット団の三人は雲の中へ消えていった。

虹を渡ってテンセイ山の頂上に飛んできたホウオウは、サトシたちの頭上を通過して山頂で大きく旋回した。すると、その体が強く輝き出し、虹色の大きな翼から七色のオーラを振りまいた。

オーラを浴びたポケモンたちの体が次々と光り出し、サトシとピカチュウのところにも

オーラが舞い降りてきた。ふたりの体が光ったかと思うと、傷口がみるみるうちに消えていき、体がスーッと軽くなっていく。

ホウオウが振りまいた七色のオーラが、サトシやポケモンたちの体力を回復させてくれたのだ。

「ポチャ！　ポチャポチャ！」

「リザー！」

ポッチャマがマコトから飛び降りて元気に飛び跳ね、リザードンも元気よく炎を吐いた。

「みんな元気になったみたい」

マコトの言葉に、ボンジイは満足そうにうなずいた。

「これぞ、ホウオウの力じゃ！」

サトシたちにオーラを振りまいたホウオウは、頂上の周りを何度も旋回していて、その姿を目で追うサトシは胸を弾ませた。

「ピカチュウ！」

「ピッカ！」

顔を見合わせたふたりが、よし！　とホウオウを見上げる。すると、ホウオウは旋回をやめ、台座の上に下りてきた。

「ホウオウ！　バトルしようぜ！」

「ピッカチュウ！」

翼を広げたホウオウはうなずくと、

「ギャオォ〜〜〜ッ！」

ひと鳴きして飛び立った。サトシも駆け出し、広い場所に出る。

「ピカチュウ！　キミにきめた！」

「ピッカ！」

サトシの肩から飛び降りたピカチュウが駆け出した。

「行っけーっ！《10まんボルト》!!」

「ピ〜カ〜チュウウウ〜〜〜ッ!!」

ピカチュウが放った《10まんボルト》がホウオウに見事命中した。けれど、ホウオウは
まるでダメージを負っていないようだった。

上昇したホウオウは、旋回してピカチュウに向かってきた。その体が虹色の炎に包まれ
る。《せいなるほのお》だ。

ピカチュウは急いで岩陰に隠れた。大きく羽ばたいたホウオウから《せいなるほのお》が放たれ、その場は一瞬、虹色の炎に包まれた。

ホウオウは再び上昇すると、旋回しながら《かえんほうしゃ》を発射した。ピカチュウも負けじと《10まんボルト》を放つ。

「ピ〜カ〜チュウウウウ〜ッ!!」

すさまじい炎と電撃がぶつかり合い、空中で大爆発を起こした——。

陽が落ちて西の空が茜色に染まり出した頃、サトシたちはテンセイ山の中腹にあるポケモンセンターを訪れた。

「お願いします」

サトシが受付にいたジョーイに言うと、

「ピッカチュウ」

ピカチュウはサトシの肩から受付に飛び降りた。ジョーイは「あら」と傷だらけになったピカチュウをのぞき込むと、ほっぺを優しくなでて抱き上げた。

「バトルしたのね。相手は誰？」

「ホウオウです」

サトシが答えると、ジョーイは「へぇ～」とピカチュウに頬ずりをした。そして、

「え⁉」

と目を丸くする。

傷だらけになったサトシは、すっきり晴れやかな顔でへヘッと笑った。

テンセイ山の頂上に残ったボンジイは岩に腰かけて、夕焼けに染まる山脈と雲海を眺めていた。

「なんと澄み切った空気じゃろうか……この世界のどこかに、新たな虹の勇者の候補生がおる……」

そうつぶやくと、突然ガバッと立ち上がった。

「少年少女よ、生きろ！　とにかく生きろ！　されば道は開く！　未来は虹色の光で満ちておるんじゃ！」

夕陽に向かって叫ぶボンジイの背後で、マーシャドーが台座の影の中から現れた。そし

て熱く叫び続けるボンジイをじっと見つめていた。

回復したピカチュウを受け取ったサトシは、ポケモンセンターの前でクロスと別れの挨拶をした。

「オレはさらに強くなる。そしてお前に挑む！」

と意気込むクロスに、ピカチュウを肩に乗せたサトシは「ああ」とうなずいた。

「そのときは全力でバトルするぜ」

「ピッカ」

ピカチュウもうなずく。

「それまで誰にも負けるなよ」

クロスはそう言うと、軽く手を上げて歩き出した。ルガルガンが後をついていく。

ふたりの後ろ姿を、サトシはマコトやソウジたちと一緒にいつまでも見送った。

9

数日後。晴れ渡る空の下、サトシたちが草原を歩いていくと、道が三本に分かれていた。

サトシたちはそれぞれ進む道の前で立ち止まり、向き合った。

ここからは別々の道を進むのだ。

最初に切り出したのはソウジだった。

「ボクはここでお別れだ。次はファイヤー、サンダー、フリーザーの伝説を調べに行くよ」

「私は一度、家に戻るわ。ママに会いたくなっちゃった。サトシは？」

照れ笑いしたマコトがたずねると、

「もちろん、オレはオレの道を行く。目指せ、ポケモンマスターだ！」

「ピッピカチュウ！」

サトシとピカチュウは顔を見合わせた。

「旅のどこかで、また会えたなら」

ソウジの言葉にマコトは微笑み、サトシを見てうなずいた。サトシもうなずき、ソウジを見る。

「バトルしようぜ！」

三人は声をそろえると、見つめ合って笑った。

三人のそばでは、ルカリオ、ポッチャマ、ピカチュウも微笑んでいる。

やがて三人は手を振り合って、それぞれの道を歩き出した。


マコトやソウジと別れたサトシは、相棒のピカチュウと共に旅を続けていた。

まだまだ旅は始まったばかりで、ポケモンマスターまでの道のりは長い。

この先も新たなライバルやポケモンとの出会いが待っているだろう。

サトシは考えただけで、胸がワクワクした。


ポケモンの数だけ出会いがあり、ポケモンの数だけの夢がある。

そして、ポケモンの数だけの冒険が、待っている——。

Shogakukan Junior Bunko 

★小学館ジュニア文庫★
劇場版ポケットモンスター
キミにきめた！

2017年 7月18日　初版第1刷発行
2023年 2月12日　　　第5刷発行

著者／水稀しま
脚本／米村正二
一部脚本／首藤剛志
監修／石原恒和
原作／田尻 智

発行人／井上拓生
編集人／筒井清一
編集／須江夏子

発行所／株式会社　小学館
〒101-8001　東京都千代田区一ツ橋2－3－1
電話　編集　03-3230-5613
　　　販売　03-5281-3555

印刷・製本／加藤製版印刷株式会社
デザイン／AFTERGLOW

Printed in Japan　ISBN 978-4-09-231179-4